「ん……」
JN044186
幼女がカイムの傍らまで歩いてきて、
右手を掴んでくる。
ぼんやりとした眼差しで
見上げてくる彼女が
何を考えているのか全くとして
わからなかった。

レンカ
ミリーシアの護衛を
務める性癖こじらせ
気味な女性剣士。
ミリーシア
カイムに身も心も
捧げるガーネット帝国の
第一皇女。

ティー
子供の頃からカイムに
仕えるホワイトタイガー
の獣人女性。

「貴方はどうするの？
シャワー、浴びる？」
部屋に備え付けられたシャワーを浴びて、
シャロンが寝室に戻ってきた。
熟れた身体、しっとりと湿った桃色の肌に
バスローブを纏っただけの格好であり、
香り立つような大人の色気を放っている。

毒の王 3

最強の力に覚醒した俺は美姫たちを従え、発情ハーレムの主となる

レオナールD

HJ文庫
1162

口絵・本文イラスト　をん

CONTENTS

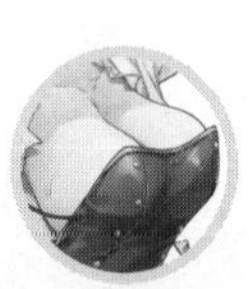

プロローグ

それは旅の道中。とある小さな町の宿屋に泊まった時の出来事である。

「今さら聞くようだけど……ミリーシア、お前って何ができるんだ？」

夜もすっかり更けた頃合い。ランプのオレンジの光の下で訊ねたのは紫色の髪と瞳を持った青年――カイムだった。

『拳聖』の息子でありながら、生まれつき毒の呪いに冒された悲劇の主人公。『毒の女王』と融合したことで呪いを克服して、圧倒的な力を手に入れた麒麟児である。

「どうしたんですか、急に？」

不思議そうに首を傾げたのは、カイムの傍らにいる金髪青目の美少女である。

彼女の名前はミリーシア・ガーネット。大陸有数の大国であるガーネット帝国の皇女であり、カイムと一緒に旅をしている同行者にして恋人だった。

カイムとミリーシアは二人とも一糸まとわぬ姿。つい先ほどまで男女の行為に励んでおり、事後のピロートーク中である。

同じベッドには旅の仲間であるティーとレンカもいて、こちらも裸でスヤスヤと寝息を立てていた。

「いや、特技とか得意なこととかあるのかって思ってな。この旅の中、特に活躍してなかっただろう?」

「う……」

カイムの指摘を受けて、ミリーシアが胸を押さえる。どうやら、痛いところを突かれてしまったようだ。

「た、確かに足手纏いであるという自覚はあります……役立たずですみません」

「いや……別に責めているわけではないんだけどな」

実際、この旅の中でミリーシアが役立つ場面はなかった。

魔物や賊との戦いでは主にカイムが前線に立っており、野営の準備や食事の支度はティーとレンカが担っている。

皇女なので仕方がないと言えばそうなのだが……ミリーシアが活躍している場面は思い当たらない。

「で、でも、私だって出来ることはちゃんとあるんですよ! カイムさんみたいに戦ったりはできませんけど……神聖術は得意なんです!」

「神聖術？」

聞いたことがない単語と思いきや、カイムの頭に浮かぶ知識があった。

神聖術とは神や聖霊に対する信仰を魔法として発動する技術であり、修行を積んだ神官や巫女だけが使うことができる。

信仰対象に対する崇拝と引き換えに本来の魔力よりも強い力を出すことができるため、『神の奇跡』などとも呼ばれていた。

（急に頭に……『毒の女王』の知識か）

カイムは『毒の女王』と融合したことで全ての毒を操る力を得たが、同じように彼女が持っていた知識も引き継いでいるのだ。

「神聖術は治癒魔法と結界術、それに浄化ができるんだったか？」

「よくご存じですね。その通りです」

カイムが女王の知識を探りながら言うと、ミリーシアがコクリと首肯する。

「私は十二歳の時、帝都にある聖霊教の神殿に預けられました。そこで洗礼を受けて修行を積んだので、傷の手当てなどは得意ですよ」

「へえ、初耳だな。だったら、どうしてその力を使わないんだよ」

「……使う機会がないからですよ。誰も怪我をしませんから」

ミリーシアが少しだけ拗ねた様子になり、唇を尖らせる。

「どんな強い魔物が出てもカイムさんが簡単に倒してしまいます。もちろん、怪我をして欲しいわけではありませんけど……私だって役に立てるのに。ちゃんと活躍できるのに……」

「そりゃ悪かったな。治癒魔法以外にはどんなことができるんだ？」

「結界術で魔物の侵入を防いだりもできますね。ただ……これには特別な道具が必要なので、使う機会はなかなかないんですよ。他にはゴーストなどのアンデッドを浄化して消したりもできますけど……」

「使う機会はなさそうだな。どっちにしても」

普通の旅をしているだけではアンデッドと遭遇する機会はほとんどない。

彼らは供養されることなく、無念や恨みを残して死んだ人間が魔物に化けたもの。打ち捨てられた城や砦跡、日の光の届かない洞窟の奥深くなどにしかいないのだから。

「神殿で炊き出しをしていたので料理とかはできますけど、本職のメイドであるティーさんには敵いませんし、雑用はレンカがさせてくれませんし……やっぱり、私は役立たずみたいです……」

ミリーシアがシクシクと泣き出してしまった。

別に責めたくてこの話題を出したわけではないので、カイムは慌てて慰める。

「まあ、気にするなよ！　怪我をしたら頼ることもあるだろうし、どこかでアンデッドに遭遇することもあるかもしれないだろ？」

「うー……皆さんが怪我をするのは嫌です。だけど、アンデッドが出るのを望むシスターもダメな気がします……」

「……まあ、そうだな」

「やっぱり私はダメな子です……カイムさん、慰めてください……！」

「うおっ！」

ミリーシアがカイムに抱き着いてくる。もちろん、裸のまま。

フカフカの胸がカイムの腹部に押しつけられ、柔らかく形を変える。

「あ、ミリーシアさんがどさくさに紛れて抜け駆けしてますの！」

「姫様……そのやり方は卑怯だと思いますけど」

同じベッドから抗議の声が上がった。

いつから目を覚ましていたのだろう。シーツにくるまって眠っていた旅の仲間……獣人メイドのティーと赤髪の女騎士であるレンカが会話に入ってきた。

「起きたのか？　二人とも」

「がう、ミリーシアさんがズルをしている気配があったもので」

「どんな気配だよ……」

「姫様もその気になっているようだし……もう一戦、やり合おうか？」

レンカが張りのある胸をグイッと突き出して、情欲に瞳を燃やす。

「がう、賛成ですの。まずはティーからですわ」

「ダメです。役立たずの私がカイムさんに慰めてもらうんです！」

「役立たずだったら遠慮するですの！　何をちゃっかり付け込んでいるのですか⁉」

「コラコラ、ケンカをするんじゃない。ここは間を取って私が尻をぶってもらおう」

「マゾヒストの変態は黙ってるですの！」

三人の美女・美少女がカイムを囲んでわあわあと騒ぎ出す。

「……お前ら、さっきもやったばかりだろうが」

どうやら、今夜も睡眠不足になりそうである。

やると決まってしまったのなら、さっさと終わらせてしまおう。

「「「あんっ！」」」

カイムが手を伸ばして三人の身体を順に愛撫する。

オレンジの光に照らされた部屋の中、三重奏で甘い嬌声が上がった。

第一章　幽鬼の村

「そういえば……そんな話をしたな」

「はい、ようやく私の神聖術が役に立つ日が来ました」

その村はうっすらと霧に包まれていた。

村全体が立ち込める霧によって暗く薄闇に沈んでおり、どこから臭ってくるのかわからない腐臭と死臭が漂ってくる。

そこは死者の村。かつて村人達が穏やかに暮らしていたであろう集落が生きとし生ける者を拒む魔窟と化していた。

沈んだ空気に包まれた廃村の入口に、カイムとミリーシア、レンカとティーが立っている。

普段は後ろに隠れているミリーシアが珍しく前に出てきており、銀色の錫杖を構えていた。錫杖の先には金属製のリングがいくつか付けられており、振るたびにシャラシャラと涼しげな音が鳴っている。

カイムと三人の仲間がやってきたのは、ジャッロの町の北方にある小さな村である。

人口百人に満たない小さな村落だったが、養蚕業が盛んに行われており、それなりに裕福な場所だったらしい。

しかし、その村は現在進行形でアンデッドの巣窟となっており、住んでいた村人は一人残らず歩く死人と成り果てている。

カイム達は冒険者ギルドのギルドマスターであるシャロン・イルダーナから依頼を受けて、村にいるアンデッドの討伐と原因究明のためにここまでやってきた。

帝国皇女のミリーシアを狙う追手を欺くため、北回りの道で帝都に向かっていたカイム一行であったが……土砂崩れが原因で帝都への街道が封鎖されたことで、立ち往生を強いられている。

何もせずに街道の復旧を待つよりも、冒険者ギルドで仕事でも請け負って、路銀を稼いだ方が効率的だと判断したためにその依頼を受けたのだ。

「ううっ……臭いですの。鼻が曲がりそうですわ……」

「ティー、大丈夫か？」

カイムとミリーシアの後ろ、鼻を押さえて悶絶しているティーをレンカが介抱している。

獣人であるティーは人間よりも嗅覚が優れており、廃村から臭ってくる腐敗臭に敏感に反応していた。

「ティー、馬車で待っていろよ。無理についてこなくてもいいんだぞ？」

「そ、そういうわけにはいきません の……カイム様のメイドとして、主人のいくところにはたとえ火の中みずのなかうげえええええええ……」

「本当に帰れ！　馬車に、むしろ町に帰ってろ！」

役立たずどころか、完全に足を引っ張っていた。

正直、こんなところで忠誠心を発揮されても迷惑である。

カイムとしては、さっさと帰って養生していてもらいたい。後ろで吐瀉物をまき散らされたら気が散って仕方がない。

「ああ、こういう時に良い魔法がありますよ。清浄なる聖霊の息吹よ、我らを清めたまえ……【浄化の風】！」

見かねたミリーシアが錫杖を振って神聖術を発動させる。

瞬間、ミントの香りのような爽やかな風が吹き抜け、周囲の悪臭を払いのけていく。

「あ、臭いが無くなりましたの！」

腐臭と死臭が消え去り、ティーが復活した。

「本来は毒ガスなどを消し飛ばすための魔法なのですが……役に立ったようで何よりです」

「助かりましたの、ミリーシアさん！　後ろでみんなに守られて威張っているだけの役立たずじゃなかったんですね！」

「私ってそんなふうに思われていたんですね……いえ、役立たずは自覚していますけど」

「戦うのが仕事なのに役に立ってなかった人もいますから大丈夫ですわ」

「ティー……まさかとは思うがそれは私のことではないよな？　私だって頑張っていたんだぞ、本当に」

復活したティーの言葉にミリーシアが落ち込み、レンカが渋面になっている。

そんな彼女達の声に交じって……カイムの耳に足音が近づいてくるのが聞こえてきた。

「おしゃべりはそこまでにしておけ……お出迎えが来たみたいだぜ？」

「え……？」

ミリーシアが村の奥に目を向けると……うっすらと立ち込めている霧の中から、複数の人影が現れる。

それは一見して普通の村人に見えた。人型のシルエット。二本足で立って歩いており、手にはクワや鎌といった農具を手にしている。

だが……彼らが近づいてくるにつれて、その異様さが明らかになってきた。

村人達は手足が不自然に折れ曲がっており、首が逆向きにねじ曲がっている者までいる。

身体のあちこちに傷があってどす黒い血がにじみ、腐った肉の表面をウジ虫が這う。

「ゾンビ……」

「……不気味極まりないですの。また吐きそうですわ」

ミリーシアが肩を震わせ、ティーも口を手で押さえた。

現れたのは腐った肉体を持ったアンデッド。スケルトンと並んでメジャーな不死者である『ゾンビ』と呼ばれるモンスターだった。

「見ているだけで鳥肌が立ちそうだな。コイツら……俺の毒が効くのか？」

カイムが吐き気を堪えながらつぶやいた。

すでに生きてはいないゾンビには毒が通用しない可能性が高い。強酸性の毒によって身体を溶かすという手もあるが……腐乱死体が白骨になるだけで変わらず襲ってきそうな気もする。

「素手で殴るのも御免だな。魔力を纏っていても臭いが移りそうだ」

「でしたら、ここは私に任せてください！」

ミリーシアが錫杖の先端を廃村から出てこようとしているゾンビに向ける。

「星を巡る大いなる光。白く強く貴き天の帝。その大いなる御手で迷える子羊を包み込まん……【聖なる円環】！」

ミリーシアが祈りの言葉を終えると、彼女を中心に白い光が円となって広がった。

円の中に一歩でも足を踏み入れると途端に村人のゾンビが塵となり、衣服の残骸と手に持っていた農具が地面に落ちる。

知能を持たないゾンビ達は自分から光の円環の内側に歩いてきて、勝手に消えていく。

やがて村から出てきた三十ほどのゾンビが塵となって消滅した。

「おお、すごいな」

カイムが感嘆の声を漏らす。神聖術がアンデッドにとって特効の力を持っているとは知っていたが、ここまで効果覿面とは思わなかった。

「これは俺には真似できない。大したものだ」

「お褒め頂き光栄です……迷える魂に安らかなる眠りがあらんことを」

ミリーシアが指で星の形を切って、非業の死をたどった村人を弔う。

「他の村人は村の中か？」

「がう……どうやら、中に入らないといけないようですわ」

カイムの問いを受けて、ティーが目を凝らして廃村の中を覗きながら答えた。

うっすらと霧が立ち込める村の中、いくつもの人影が動いているのが見える。

「ミリーシアだけに働かせるわけにはいかないな。次は俺も戦おう」

神聖術は信仰の恩恵によって通常よりも少ない魔力で発動できるが、それでもミリーシアの魔力にも限界がある。腐った死体を直接殴る気にはなれないが、【麒麟】のような間接攻撃であれば触れずとも倒すことはできるだろう。

「私も戦おう。姫様だけを働かせるわけにはいかない」

「がう……ティーは石を投げて牽制しますわ。三節棍で倒すのは難しそうですから」

「よし、行くぞ！　ミリーシアは前に出過ぎないようにしろよ！」

「はい、わかりました！」

霧の中ではぐれないよう一塊になって、アンデッドの巣窟である村に足を踏み入れる。

現れるゾンビをカイムが圧縮魔力で撃って、レンカが剣で斬って、ミリーシアが神聖術で浄化して倒していく。優れた五感を有したティーが敵の接近をいち早く察することで不意打ちを防ぎ、投石によって仲間を援護する。

ゾンビ一体一体の強さは大したことはない。しかし、周囲を霧に囲まれている状況で相手をするとなると、それなりに手こずってしまう。

「何なんだ、この鬱陶しい霧は。自然現象じゃないよな？」

「天候操作は非常に高度な魔法です。ただのゾンビにできることではありません」

ぼやくカイムに、ミリーシアが難しい表情で答える。

「推測ではありますけど……村をこんなふうにした元凶の仕業だと思います」

「どこかの魔法使いがやったっていうのか？」

「死体を操るネクロマンサー……あるいはリッチの可能性もあります」

リッチとは実体を持たない魂だけのアンデッドであり、人間と同等以上の知恵を有し、魔法も使うことができる厄介な魔物である。

同じく霊体の魔物であるゴーストとは危険度が大きく異なっており、最低でも『侯爵級』。年月を経て力を蓄えたものであれば、『公爵級』にすら達する個体もいる。

「神殿の記録を読んだことがありますが……過去には、『古代霊王』と呼ばれる『公爵級』のアンデッドが万の眷属を率いて、都市を滅ぼしたこともあるそうです。この村にリッチがいるとすれば、早急に討伐しなくてはいけません」

今は村一つがアンデッドの巣窟になったくらいで済んでいるが、放置しておけばどんどん被害が拡大していく恐れがある。一刻も早い解決が求められるだろう。

「カイム様、あちらに何かありますわ！」

ティーが村の奥を指差した。見れば、霧の向こうに何か大きな物が立っていた。形状からして人工物とは異なる気がする。

「行ってみよう」

カイム達が村を奥へ奥へと進んでいくと、やがて一本の大木が現れた。

太い幹。力強く地面に吸いついた根。枝は四方に広く伸びて緑を広げている。少なくとも樹齢三百年以上はあろう大樹である。村人にとって何らかの信仰対象だったのだろう。木の根元には祭壇が作られており、供え物がされていた痕跡もあった。

「ム……」

しかし、重要なのはそんなものではない。

太い木の幹に背中を預けるようにして座っている人影があったのだ。

胡坐をかいて瞑想でもするかのように両手を広げる『それ』は、形状こそローブを纏った人間のように見える。

しかし、実際にそれを直に目にして、人間だと思う者はいまい。

ローブを纏った何かは全身から濃密な死の気配を放っており、見ているだけで背筋が寒気に襲われるほど不気味だった。

「カイムさん……」

「ああ、俺から離れるなよ」

上着の裾を掴んでくるミリーシアに言い置いて、カイム達は大木に近づいていった。

すると、ローブの人影が接近に気がついて言葉を投げかけてくる。

「来たようだな……身なりからして兵士ではなさそうだが、冒険者か？」

「……誰だよ、お前は。言葉が通じているようだが、人間じゃないよな？」

ローブの人影が人語で話しかけてきた。低い男性の声である。

「ここに到着したということは村にいる眷属共は敗れたのだな？　所詮は取るに足らないゾンビ……別に驚くほどのことではないが」

カイムの質問には答えず、まるで詩歌でも詠むように朗々と語る。

「使えぬ者は死しても使えぬ。けれど、有用な者を手に入れるには容易ならざる労力がいる。この世は誠にままならぬ。生きていても死しても気苦労が絶えぬわ」

「……随分と流暢に言葉を話すじゃないか。アンデッドの分際で」

「言葉が人だけの物と思うたか。傲慢なる若者よ」

ローブの人影がカイムに視線を向けた。暗く窪んだ眼窩から冷たい視線が放たれる。

「……面白い魔力をしているな。にじみ出る力……常人には纏うことの許されぬ王の覇気……どうやら、貴様は我と言葉を交わす権利があるようだ」

言いながら、人影が頭を覆っていたフードを下ろした。

漆黒の布の下から現れたのは……青白い顔をした男の顔である。少しも血が通っていない肌には生気がなかったが、顔立ちは精悍そのもの。美男子といっても良いほど整っていた。

「……やはりリッチか」

「何故わかる、若者よ」

「影がない。お前には実体がないんだろう？」

男の足元には、そして身体のあらゆる場所には影が存在しない。実体のない霊体。そして、流暢に会話ができることから、高い知能を持ったリッチに間違いなかった。

リッチは骸骨の姿をしたイメージが強いのだが、生きた人間と変わらない姿の者もいる。

正体を指摘されたリッチは気にした様子もなく、秀麗な顔にうっすらと笑みを浮かべた。

「そうか、バレてしまったか」

「何の目的で村を襲った？　村人全員をゾンビにして、何がしたかったんだ？」

「自己紹介もしていないというのに矢継ぎ早に聞くじゃないか。無礼な若者め」

リッチが立ち上がり、胸に手を当てる。

「我の名前はヴェンハーレン。かつてこの地を治めていた王である」

「王……？」

「何故、襲ったのかという質問には答える意味がないな。王たる我には民を好きにする権利がある。己の持ち物を戯れに弄んだとして、誰に迷惑がかかるというのだ」

「理由もなく人を襲ったということか……所詮は低俗な魔物だな」

忌々しそうに吐き捨てたのはカイムではなく、後ろで会話を聞いていたレンカである。

「この地は栄光あるガーネット帝国の領土の一部である。アンデッドごときに領有を主張する権利はない！」

「黙れ、小娘。貴様に我と話す権利はない」

「カハッ……！」

ヴェンハーレンと名乗ったリッチが指を鳴らす。

次の瞬間、強烈な力場が生じてレンカを襲った。イノシシからの突進を受けたような衝撃を喰らい、レンカが吹き飛ばされて地面を転がる。

「レンカ！」

「レンカさん！」

ミリーシアとティーがレンカに駆け寄る。

「この野郎……！」

カイムが地面を蹴ってヴェンハーレンに襲いかかり、圧縮魔力を纏った蹴撃を放つ。

「速い、そして強いな」

「…………！」

しかし、見えない壁がヴェンハーレンの前に立ちふさがって、カイムの足を受け止める。

硬い岩盤を蹴ったような鈍い感触がした。

「いかに我が肉体が霊体であるとはいえ、そのレベルの魔力を喰らえばそれなりにダメージはあっただろう。見事だと褒めてやる」

「知るかよ。さっさと死ね！」

「【魂の騎士】」

カイムが追撃を仕掛けようとするが、ヴェンハーレンが右手を振る。周囲に青白い鬼火が浮かんで、形状を変えて人型になった。

現れたのは漆黒の全身鎧を身にまとった騎士。兜で顔は見ることができないが……身体の関節部分では鬼火が燃えており、身も凍えるような気配は生者とはかけ離れている。

『『『『オオオオオオオオオオオオオッ……』』』』

鬼火をまとった全身鎧の騎士が、地の底から響くような低いうなり声を上げる。

現れた騎士の人数は五体ほど。それぞれが剣や槍、盾などで武装していた。

敵意を剥き出しにして近づいてくる不死の騎士に、ミリーシアが叫んだ。

「ソウル・ナイト……『子爵級』のアンデッドです！　皆さん、気をつけてください！」

「了解！」

ミリーシアの声に応えて、カイムが正面にいたソウル・ナイトを殴りつけた。

圧縮魔力を纏った拳が鎧騎士の胴体に突き刺さり、吹っ飛ばされて木の幹に衝突する。

それなりの衝撃だったはずなのだが、殴られた騎士が起き上がって槍を向けてきた。

「へえ……タフだな。さすがはアンデッドといったところか」

「カイム様！　助太刀しますわ！」

「私もだ……不死者ごときに負けていられん！」

ティーが三節棍を取り出し、レンカもまた立ち上がって剣を構える。

二人が迫りくるソウル・ナイトに立ち向かい、武器を振るった。

「ガウッ！　結構、手強いですの！」

「クッ……アンデッドの分際で……！」

ティーが三節棍をソウル・ナイトに叩きつけるが、アンデッドの騎士は盾で攻撃を受け止めた。レンカもまた苦戦している。ソウル・ナイトの一体と剣を交え、激しい戦いを繰り広げる。

『オオオオオオオオオオオオオオッ！』

「『子爵級』ということはオークよりも上の等級だが……それにしては強いじゃないか！」

カイムが斬りかかってくるソウル・ナイトを蹴り飛ばす。別の一体が槍で突いてくるが、顔を反らして回避。槍を掴んで投げ飛ばした。

　五体のソウル・ナイトのうち三体とカイムが戦い、残る二体をティーとレンカがそれぞれ相手にしている。

　ソウル・ナイトには『子爵級』という階級以上の強さが感じられた。少なくとも、『黒の獅子』と名乗っていた冒険者チームよりも強かった。

「あのリッチが魔法で支援効果をかけているんです！　おそらく、実際の強さよりも強化されているはず……！」

　思った以上に苦戦を強いられている前衛三人に、後方にいるミリーシアが叫んだ。

「神聖術で浄化します！　そのまま耐えてください！」

「了解。みんな、ミリーシアを守るぞ！」

　カイムが毒を込めた魔力をソウル・ナイトの頭部に撃ち込んだ。フルフェイスの兜が腐食して崩れていくが……黒い鉄の兜の下から現れたのは骸骨の頭部である。

　毒を撃たれたにもかかわらず平然と剣で攻撃してきた。圧縮魔力をまとった腕で攻撃を弾き、カイムが大きく舌打ちをする。

「毒の効き目が薄いな……これだからアンデッドはタチが悪い！」

『オオオオオオオオオオオオオオオッ！』

「黙ってろ！」

骸骨の頭部を叩き潰す。人間であれば明らかな致命傷。

頭部を失くしたソウル・ナイトであったが……それでも起き上がり、戦闘を続行する。

頭を失くした程度では致命傷にならないようだ。明らかに、村の入口で戦ったゾンビとは格違いのアンデッドだ。

「ガウッ！　ガウッ！　ガウッ！　ガウッ！」

「フッ！　クッ！　ヤアッ！」

ティーとレンカも必死になって武器を振るい、ソウル・ナイトに応戦した。

時間にして五分に満たない戦いだったが、殴っても蹴っても起き上がってくる騎士との戦いによって、徐々に疲労が蓄積してくる。

カイムはともかくとして、女性二人はかなり厳しそうだった。

「ハア、ハア、ハア……」

「大丈夫ですの⁉　レンカさん⁉」

「こ、こっちの心配をしている場合か！　ティーだって苦戦しているではないか……！」

「そろそろ、二人は限界か……！　ミリーシア、まだか⁉」

三体のソウル・ナイトの攻撃を捌きながら、カイムが叫ぶ。

後方にいるミリーシアは両手で錫杖を握りしめ、ブツブツと詠唱をしている。

戦いが長引けば犠牲者が出るかもしれない……そんな危機感がカイムの脳裏によぎった時、ようやくミリーシアの詠唱が終了した。

「お待たせしました！　魔法を使います！」

ミリーシアが錫杖の先端を頭上に掲げた。

瞬間、周囲の霧が晴れて空からまばゆいばかりの陽光が降り注ぐ。

「神聖術――【魔を拒む聖域】！」

白い光が一帯を包み込んだ。先ほど、ゾンビを打ち滅ぼしたものよりも数段強力な神聖術がアンデッドの巣窟を浄化していく。

清浄な空気に包まれたソウル・ナイトの動きが停止して、ボロボロと崩れていった。

『『『『オオオオオオオオオオオオオオッ！』』』』

漆黒の鎧が剥がれ落ち、剥き出しになった骸骨の身体がバラバラになる。

砕け散り、塵になっていく不死の騎士であったが……彼らはどこか解放されたような、心地好さそうな声を漏らしていたのである。

「ハア、ハア……浄化完了です」

神聖術を発動させたミリーシアが額を汗で濡らしながら、安堵の息をつく。

「神敵であるアンデッドにとって聖域は毒沼のようなもの。これなら、あのリビングデッ

ド も無事で済むはずが……」

「なるほど……なかなか見事な魔法ではないか」

「ッ……！」

勝利を確信したミリーシアであったが、耳朶を震わせる男の声に目を見開いた。

村の中央にある大樹の下。聖域の光を浴びながらリッチの青年が平然として立っている。

よくよく見ると……男の身体はうっすらと紫色の膜のようなもので包まれており、浄化の力を持った光を遮断していた。

「そこな娘、高位の神官であったか……なんと忌々しいことだ」

「そんな……どうやって聖域の力を……!?」

「対極の力をぶつけて相殺しているだけだ。それほど難しいことではあるまい？」

ヴェンハーレンがつまらなそうに淡々とした口調で言う。

「まさか、神聖術が通用しないだなんて……！」

「なるほど、神聖術を打ち消せるだけの『死』を纏っているわけか。さすがはリッチ。不死の王じゃないか……！」

必殺の攻撃を防がれて呆然としているミリーシアであったが、カイムは反対に納得して目を細めた。

神聖術による『光』の力と、アンデッドが持つ『死』の力は、お互いに打ち消し合って相克するものである。ヴェンハーレンは身体の周囲から『死』を放出し続けることにより、神聖術の力から身を守ったのだ。

「クッ……無念です……」

「姫様っ⁉」

魔力を使い果たしたのか、ミリーシアが膝をつく。レンカが慌てて主君に駆け寄り、倒れそうになるミリーシアの身体を支えた。

同時に、周囲一帯を覆っていた聖域の光が消え去る。術者の魔力が尽きたことで効果が消えたのだろう。

「そちらの神官はもはや使い物にならぬようだな。どうやら、勝敗はすでに……」

「ついてねえぞ」

「ぬうっ⁉」

「フンッ！」

カイムが放った拳撃がヴェンハーレンの胴体に突き刺さる。実体のないはずのリッチの身体が吹き飛ばされる。

「魔力を纏った拳であればダメージがあるって言ってたな？　だったら、お望み通りに死ぬまで殴ってやるよ」

「貴様……！」

「もちろん、神聖術ほどの効き目はないだろうが……守ってくれる兵士はもういないぜ！」

カイムが倒れているヴェンハーレンへ、拳（こぶし）の雨を浴びせかけた。

魔力を纏った打撃（だげき）であれば霊体のアンデッドにも効果はある。

ヴェンハーレンは先ほどのように魔法を使って不可視の壁を作り、ガードするが……ならば、障壁（しょうへき）が破れるまで殴り続ければ良い。何発もの、何十発もの打撃を放つと、やがて魔法の壁が粉々に砕け散る。

「ガハッ……！」

ヴェンハーレンの全身を打撃の雨が叩いた。衝撃で地面がひび割れ、小さく陥没（かんぼつ）していく。

「この……調子に乗るな！」

「ム……？」

「【喰らう死者の手（ドレイン・タッチ）】！」

ヴェンハーレンが闇（やみ）をまとわせた右手でカイムの肩を掴む。

掴まれた部分から力を吸い取られるような感覚。生命力を吸われている。

「そのまま干からびろ！　矮小なにんげ……」

「フッ！」

「ガアッ⁉」

カイムが魔力を纏った手でヴェンハーレンの腕を掴み、そのまま力任せに捻り上げる。

霊体であるはずの腕が人体の可動範囲を超えて捻じれ、そのまま引きちぎられた。

「グウウウウッ……⁉」

「闘鬼神流──【応龍】！」

ヴェンハーレンの腹部に右手を押しつけ、発勁と共に衝撃波を撃ち込んだ。

闘鬼神流・基本の型──【応龍】

発勁によってゼロ距離から衝撃を叩きこむ技。射程こそ短いものの、基本の型の中ではもっとも破壊力に優れていた。

撃ち込まれた衝撃が霊体の体内で爆発し、ヴェンハーレンの絶叫が迸る。

「ガアアアアアアアアアアアアアッ⁉」

もしも生身であれば内臓をバラバラに砕いていたであろう衝撃に、ヴェンハーレンの身体がバラバラに飛び散った。

殺った……そう確信するカイムであったが、バラバラになった霊体が少し離れた場所に結集して、再生する。

「グ……ギッ……この、よくもおっ……よくも、偉大なる王である我を……！」

「チッ……まだ生きてやがるのか。しぶとい奴だな」

リッチに向かって「生きている」という言い方もおかしなものだが、ヴェンハーレンはいまだ消滅することなく存在を保っていた。

肉体を持たないリッチにとって、魔法や打撃は致命打にはならない。とはいえ……それでも、魔力を纏った攻撃をあれだけ浴びせたのだ。そろそろ死んでも良いはずなのだが。

「よほどこの世に未練があるのか？　いい加減、昇天した方が楽だろうに」

「……我が国に攻め込み、滅ぼした帝国を生かしてはおけぬ。国を守るために死んでいった兵士達の無念は、無残に殺された民の絶望は、王であるこの我が晴らすのだ……！」

ヴェンハーレンの身体から膨大な魔力が溢れ出た。先ほどまでとは比べ物にならない、火山の噴火のような魔力の放出である。

「まだ、こんな力を隠していたのか……!?」

「忌々しい帝国の本拠地に攻め込むため、取っておいた力だが……貴様は出し惜しみができる相手ではないようだ！　全身全霊で殺し、その魂を喰らいつくしてくれようぞ！」

「フッ！」

カイムは地面を蹴って弾丸のように飛び出した。

ヴェンハーレンが何かをする前に決着をつける。そのつもりで、一気に距離を縮めた。

「遅い！」

「…………！」

だが、ほんの一瞬だけ間に合わない。

カイムが攻撃を繰り出すよりもわずかに早く、ヴェンハーレンの魔法が発動する。

「冥府よ、顕現せよ──【絶対不可避の死の領域】！」

「ッ……！」

瞬間、身体の芯まで凍えるような『死』をカイムは感じた。

ヴェンハーレンを中心として黒い半球状のドームが出現して、カイムを内部に取り込んだ。全方位から伝わってくる濃密な『死』の気配にカイムが大きく舌打ちをする。

「ここは……やられたな。奴の術の中に取り込まれたか？」

周囲を見回すと、どこまでも深い暗黒が広がっている。ヴェンハーレンの姿はないのに、あちこちから濃密な気配だけが伝わってきた。

この感覚には覚えがある……かつて、『毒の女王』と対面した、あの紫の空間とよく似ている。

「取り込まれたのは俺だけか。不幸中の幸いだな」

周囲を見回すが、仲間達の姿は見当たらない。

戦闘をしているうちに彼女達と距離が離れてしまったため、ヴェンハーレンの術に取り込まれずに済んだのだ。

『クックック……今度こそ、勝負がついたようだな』

「ム……？」

どこからか、ヴェンハーレンの声が響いてきた。声の方向を探るが……いっこうに位置が掴めない。

「……今度はかくれんぼかよ。さっきまで死にかけていたくせに随分と余裕じゃないか」

『余裕だとも。貴様はすでに皿の上に盛り付けられたディナーと同じ。いつでも殺すことができるのだからな！』

カイムの言葉に、皮肉げで得意そうな嘲笑が返ってきた。さっきまで追い詰められていたはずなのに、ヴェンハーレンは圧倒的な余裕を言葉に滲ませている。

「……よほどこの技に自信があるようだな。もう勝ったつもりかよ」

カイムはヴェンハーレンの気配を探りながら、自身を閉じ込めている黒いドームを観察する。ドームの内部は濃密な『死』の気配で満ちており、まるで棺桶の中にでも入れられたような気分だ。

（……ミリーシアが使っていた聖域にも似ているが、やはり『毒の女王』の世界に近いな。つまり、ここは奴の精神世界ということか？）

『さて……もう十分に恐怖しただろうし、そろそろ殺すことにしようか』

　ヴェンハーレンの傲慢な笑い声が聞こえてきた。

『この空間は我そのもの。いつでも貴様の魂を刈り取ることができる』

「魂を刈り取る……」

『そうとも！　我がその気になれば、貴様の魂は一瞬で空間を満たす『死』の手によって奪われ、我が体内に取り込まれることになる！　もはや貴様は我が敵ではない。ただのディナーの一品となったのだよ！』

「…………」

　誇張や脅しではないのだろう。周囲から伝わってくる『死』の気配が、ヴェンハーレンの言葉が真実であると物語っていた。

「……やめておいた方が良いと忠告しておこう。俺の魂はお前の手に余るぜ」

『命乞いか？　得意げに我を殴りつけていたというのに、みっともないことよな！』

「いや、そういうわけじゃないんだが……」

『それでは……そろそろ食事にするとしよう。貴様は人間にしては面白かったぞ！』

『死』に包まれた暗闇の中、巨大な口が目の前に現れた。

鋭い牙が生えそろった口がカイムに迫り、その身体ごと魂を呑み込もうとする。

『いただきます……！』

「ッ……！」

巨大な口がカイムを呑み込んだ。指一本も動かすことができず、抵抗はできなかった。

「グウッ……！」

「クハハハハハハハハハッ！　何という濃厚な血肉。甘く芳醇な香りだ！　これほどまでに甘美な香りがする人間を喰らうのは初めてだ！」

バリボリと噛み砕く音がする。皮膚が破れ、肉が削がれ、骨が砕け……全身を引き裂かれるような痛みが走る。

「…………！」

そして、その瞬間がやってきた。

剥き出しになったカイムの魂にヴェンハーレンの牙が突き立てられる。

味わったことのない痛みと不快感がカイムを襲う。

魂に牙が刺さり、魔力の元である根源的なエネルギーが吸い取られていく。

『何だこれは！　濃厚なのに爽やか。芳醇な香りが全身の細胞に満ちていく！　それでいて噛めば噛むほどに旨みがにじみ出てくる魂は！』

　薄れゆく意識の中に不快な称賛が聞こえてくる。まるで世界中の珍味を味わい尽くした美食家のように、ヴェンハーレンが喜びの雄叫びを上げた。

『素晴らしい、素晴らしいぞ！　これほどまでに美味な魂は三千世界を探し尽くしたとしても二度と出会うことはあるまい！　この味、この香りはまさしく天上のおおおおおおオエエエエエエエエエエエエエエエエッ⁉』

　しかし……称賛の言葉が途中から嘔吐に変わった。

　風船が弾けるようにして一帯を覆っていた黒いドームが壊れてしまい、周囲の景色が元通りに戻っていく。

「プハアッ！」

　自分を呑み込んでいた巨大な口が消えて、カイムが解放される。

　身体に痛みはない。五体を裂かれて喰われたような感覚があったのだが……肉体には傷一つない。どうやら、あれはヴェンハーレンが魔法で見せた幻痛だったようだ。

「カイム様！　ご無事でしたかっ⁉」

　黒いドームから解放されたカイムにティーが駆け寄ってくる。

カイムは立ち上がって、軽く手足を振って身体の状態を確認した。

「問題ない……俺はな」

「ウゲッ、オエッ、ゲホゲホッ……うげえええええええええええええっ」

「アッチはそうでもないみたいだな。気の毒なことだ」

少し離れた地面にうずくまり、ヴェンハーレンが激しく嘔吐をしていた。霊体であるはずのリッチが地面に血液に似た吐瀉物を撒き散らして、全身を痙攣させて悶絶している。

「なん、だ。貴様の魂は……ぐうううううううっ！　ま、まざか、魂に毒でも持っているというのがあ……？」

「残念ながら、その通りだよ」

カイムが同情したように肩をすくめた。

「俺は『毒の女王』と融合して力を取り込んでいる。血や肉はもちろん、魂だって有毒だ。呑み込んでタダで済むと思うなよ？」

先ほど、ヴェンハーレンは【喰らう死者の手】という技でカイムの生命力の一部を吸っていたが……それとはわけが違う。毒に汚染された魂に牙を突き立てたことで、『毒の女王』の力をもろに浴びてしまったのだ。

「『毒の女王』……まさか、『魔王級』の怪物か⁉」

ヴェンハーレンが愕然として叫ぶ。地面を這いつくばりながら、その顔を恐怖に歪める。

「馬鹿な……単独で国を滅ぼすことができる魔王の力を取り込むなど、人ごときにできるわけがない……貴様は本当に人間グオオエエエエエエッ」

言葉の途中でヴェンハーレンが再び嘔吐する。もはや言葉を話すことすらままならないようである。

「アンデッドには毒はほぼ効かないが……魂に直接、取り込んでしまえば無視はできないようだな」

まさか、こんな結末になるとは思わなかった。

それなりに良い勝負をしていたというのに……最後の決め手が敵の自爆になろうとは。

「予想外の決着だな……こんな形で勝つつもりはなかったんだが」

「オエエエエエッ、ウゲエエエエエエッ……」

ヴェンハーレンの霊体は紫に変色しており、放っておいても毒で消滅しそうな状態である。これ以上の追撃は必要なさそうだが……カイムはゆっくりと歩いて近づいていく。

「あー……悪いな。さすがに謝っておこう」

「グゲッ……」

「お侘びといっては何だが……これ以上、苦しまないようにトドメを刺してやる。もう化けて出るなよ」

　不本意な決着になってしまったことを詫びてから、ヴェンハーレンの頭部に圧縮魔力を纏った拳を叩きつける。ヴェンハーレンを構成していた霊体が散り散りに砕けて……そして、今度は二度と再生することなく霧散した。

「……終わったみたいですね」

　魔力切れで倒れていたミリーシアが起き上がり、溜息混じりに言う。

　冒険者としての初めての仕事は無事に終わった。村を滅ぼし、住んでいた人達をゾンビに変えたリッチは跡形もなく消滅したのである。

○　○　○

　ヴェンハーレンを倒すと、村を覆っていた霧が消えた。やはり自然現象の霧ではなく、魔法で生み出したものだったようだ。

　霧が晴れた村には崩壊しかけの家屋が虚しく残っている。村人の死体はない。ゾンビ化した後でミリーシアの神聖術によって浄化され、塵になっているからだ。

　依頼を終えたカイム達であったが……すぐに帰ることはせず、しばし村に留まることになった。

「すみません、カイムさん。帰る前に村の人達を弔ってあげたいんです」

神官でもあるミリーシアは無残に変わり果てた村を見て、そんなことを言い出した。

「気休めではありますけど……簡単な鎮魂の儀式をしていきたいと思います。魔力が回復するまで、少しお時間を頂きますが……」

「俺は別に構わないが……時間はかかりそうか？」

「二、三時間ほど休めば回復できるかと」

「それじゃあ、適当に時間を潰しておくか……」

無事に残っていた家屋にミリーシアを休ませて、カイムは廃墟となった村に出る。

ここが普通の町ならばゆっくり見て回るところだが、少し前まで死者の村だった場所を観光する気にはなれなかった。

「カイム殿！　カイム殿！」

「ん……？」

村の端にある建物の陰から、レンカが手招きをしてくる。

カイムは怪訝に思いながら、レンカのところまで歩いていった。

「どうした、レンカ。ミリーシアの傍にいなくてもいいのか？」

「姫様のことならばティーに任せてある……それよりも、ちょっと大切な話があるのだが」

「大切な話……？」

何の話だろう。ミリーシアやティーがいない場所でわざわざするのだから、よほどの用件なのだろう。

「実は……リッチに滅ぼされた村を見て、気がついたことがある」

「気がついたこと……リッチが出た原因とか？」

「いや、悪いがそうじゃない。もっと大切なことだ……」

レンカが真剣な表情をして、カイムを真っすぐ見つめて言い放つ。

「この場所でなら……『お散歩プレイ』ができるかもしれない！」

「…………は？」

レンカが真面目な顔のまま言い放った言葉に、カイムはあんぐりと口を開く。

お散歩『プレイ』……聞いたことがない言葉である。

「……何だそりゃ」

「知らないのか？　つまり、こういうことだ」

レンカは荷物からジャラジャラと何かを取り出し、カイムに見せつけてくる。

「これは……」

取り出されたそれは大型犬用の首輪と鎖だった。

唖然としたカイムの手に鎖の先を握らせ、反対側に付けられた首輪を迷うことなく自分の首に巻く。やがて首輪を巻いた美女をお散歩する青年という構図ができ上がった。

「よし、完成だ！」

「完成じゃねえよ！」

むしろ、終わっている。

人としての尊厳とか色々なものが終了していた。

「カイム殿、落ち着け。この村には私達以外に誰もいない」

「だから何だよ！」

「ここでなら、鎖を着けて堂々とお散歩ができるということだ！」

恥ずかしげもなく、レンカが断言した。

「誇り高き騎士である私が、人前で鎖を着けてお散歩をするわけにはいかない。だが……どうだろう。この村であれば、疑似的に町中を散歩する気分が味わえるではないか！」

「知るか！　お前のどこが誇り高き騎士だ！」

騎士とは主君に仕える忠実な犬であるそうだが、レンカの場合は明らかに『犬』のニュアンスが違っている。

「死んだ村人が泣くぞ……いや、もしかしたら喜ぶのか？」

もしもここに彼らの霊魂がいたとして……男性であれば、むしろ喜ぶ可能性もある。

だからといって、死者に対する冒とくには違いないが。

「い、いいから散歩をしよう。リードを引いて一緒に歩いてくれるだけでいいから……」

「……本当にそれだけだな？」

「ああ！」

「…………」

カイムは呆れ返りながらも、それくらいなら良いかと溜息を吐く。

どうせ誰も見ていない。以前のように身体を縛るなど要求されるよりはマシである。

「それじゃあ、さっさと済ませるぞ」

「ワンッ！」

リードを引くと、レンカが元気良く鳴いた。

首輪を着けたレンカ、リードを持ったカイム。二人は並んで村の中を歩いていく。

その光景はかなり奇異でアブノーマルなものだったが……それを指摘する者はいない。

村をグルリと一周。これで終わりかと思いきや……レンカが不満そうに眉を顰める。

「……ダメだな。思った以上に興奮しない」

「おい……」

「やはり、完全な犬にならなくてはダメか……よし！」

言うが早いか、レンカが身に着けていた服を脱ぎ出した。

「ちょ……何で脱いでるんだよ！」

「何を言っている！　犬は裸で歩いているものだろうが!?」

「知るか！　逆ギレするな！」

レンカは気持ちが良いほど迷いなく脱衣していき、あっという間に全裸になった。

そして、地面に手足をついて四つん這いの姿勢になる。

「よし……今度こそ完成だ！」

「完成してねえよ。本気で奈落の底まで終わっているだろうが……」

「遠慮はいらない。これで散歩に行こう」

「お前は遠慮をしろ。というか、自重をしろ」

裸で四つん這いになり、首輪とリード。まさに犬そのものの姿となったレンカは肌を上気させ、「ハア、ハア」と荒く息を吐いていた。

早く出発しようと誘うように尻を左右に振って、カイムを誘ってくる。

「……俺達はこの村に何をしにきたんだ？」

わかっている。わかってしまう。こうなってしまったレンカは譲らないのだ。

以前、森の中でロープで縛って抱いてからというもの、すっかり欲望に忠実な雌犬になってしまった。

ティーとミリーシアも似たようなものだが……変態性に関してはレンカが断トツで飛び抜けている。

「………」

「ワン、ワンワンッ！」

カイムは諦めたようにリードを握りしめ、村の中を歩き出した。

元気な雌犬の鳴き声が村の中に響き渡る。小石のある地面を素肌で這って歩くのは痛いだろうに、気にした様子もなく村の中を進んでいった。

「ワン、ワン」

「………」

「ワンワンッ！」

「………おい」

「ワオーン！」

「……おい。もうそろそろ良いだろう？　いい加減に満足しろよ」

心を無にして二周目の散歩を終えるが、レンカがなかなか犬状態から戻ってこない。

「クウーン……」

それどころか……四つん這いのまま尻を突き上げて、フリフリと左右に振りだした。

振り返り、見上げてくる媚びた眼差し。カイムは何を要求されているのかを悟った。

「……約束が違うぞ。散歩するだけじゃなかったのか？」

「クウン」

「クウンじゃねえよ！　この変態雌犬騎士が！」

「キャインッ！」

叱りつけるように突き上げた尻たぶを叩いてやるが、それは逆効果。レンカは恍惚とした目になって舌を出して息を荒くさせる。

「……俺は冒険者として仕事に来たはずなんだけどな」

冒険者はカイムにとって、子供の頃から憧れていた職業である。せっかく夢見ていた仕事に就いたというのに……いったい、何をしているのだろう。

「戦闘の後の余韻が台無しだが……仕方ないな」

「クオーンッ！　キャインキャインキャインッ！」

毒を食らわば皿までである。カイムがズボンを脱いで目の前で揺れる尻に覆いかぶさると、牝獣の鳴き声が高々と響いたのであった。

第二章　美女とカクテル

「〜〜〜〜♪」

「がう……」

「はあ……」

「…………」

村に巣食ったアンデッドを討伐して、村人の弔いも済ませて……帰りの馬車。

御者台に座って馬車を操作するレンカが一人ご機嫌そうに鼻歌を歌っており、荷台でティーとミリーシアが不機嫌そうな半眼になっている。

同じく荷台にいるカイムは何とも気まずい気分になり、女性陣と目を合わせないように目をそらす。

「……レンカさんばっかり、ズルいですわ」

「……本当に仕方がありませんね。二人とも」

ティーとミリーシアは溜息を吐きながらも、変に詮索はしてこなかった。

武士の情けなのか、それとも淑女同士の協定でも結んでいるのだろうか。

抜け駆けしたレンカを咎めることなく、代わりとばかりにカイムに詰め寄ってくる。

「カイム様、今晩はティーが最優先ですの！」

「ダメです、今日の功労者は私なんだから譲ってもらいます！」

「勘弁しろよ。お前ら」

距離を詰めてくる二人に辟易しつつ、カイムが眉間を指先で揉む。

「元気だよな……アンデッドに滅ぼされた村に行ってきたばかりなんだし、他にこう思うべきことはないのか？」

「それとこれとは話が別ですわ！　過ぎ去ったことは忘れて前向きに生きますの！」

「すでに彼らの弔いと祈りは済ませてきました。その上で、今を生きている私達は未来のことを考えないと」

「その未来のことが今晩のアレコレかよ……」

本当に逞しいというか、それともいやらしいとストレートに言うべきだろうか。

そんな言い合いをしていると、ジャッロの町が見えてきた。

「ああ、着いたな。さっさと降りようか」

「話は後ですわ。カイム様」

「逃がしませんから覚悟してくださいね？」

二人にしっかりと釘を刺されつつ、カイム達は馬車から降りた。

「さすがに疲れたな。さっさとギルドに報告を済ませて、宿屋で休もう」

カイム達はレンタルした馬車を返却してから、冒険者ギルドに向かった。

ギルドの建物に足を踏み入れると、そこでは多くの冒険者たちが騒いでおり、昨日と変わらない喧騒があった。

しかし、カイム達の姿を認めると、途端にブワリと空気が変わる。

「おい、アイツらって……！」

「ああ、Aランクパーティーである『黒の獅子』を潰した連中だよ」

すでに多くの冒険者がカイム達のことを知っているらしく、無数の視線が集まる。

「優男が一人に女が三人。女はどれも帝都の高級娼婦にも負けねえ美姫ばかりかよ！」

「おいおい、不躾な目を向けるなよ。不興を買ったら殺されるかもしれねえぜ？」

「あの獣人の女。『黒の獅子』の生臭坊主の目を潰して再起不能にしたんだってよ！」

「連中は素行こそ悪かったが間違いなく一流の冒険者だった。それをほぼ無傷で倒しちまうんだから、実力は間違いなくAランク以上だな！」

冒険者達がカイム達に畏怖を込めた視線を送ってくる。

「なるほど……意外と悪くないかもしれないな」

カイムは自分が目立ちたがり屋だと思ったことはないが、こうして人から称賛と畏れを向けられるのは不思議と気持ちが良かった。

『呪い子』として故郷にいた頃には、人から噂されるとしたらいつも悪口か侮蔑ばかりだったからというのも理由としてある。

「あ、いらっしゃいませ」

受付カウンターまで行くと、昨日と同じ受付嬢が出迎えてくれた。

「依頼達成の報告に来た」

「はい。ギルドマスターより、皆さんが来たらお通しするように言われています。奥へお越しください」

カイム達は受付からギルドの奥へと通された。

先日の応接間ではない。ギルドマスターの執務室である。

「ギルドマスター。カイム様方がお越しになりました」

「入ってもらいなさい」

受付嬢がノックをすると、すぐに応答が返ってくる。

扉を開けると、二十代後半ほどの年齢のスーツ姿の美女が椅子から立ち上がって出迎えてくれた。

シャロン・イルダーナ。シルバーグレーの髪を背中に波打たせたスタイルの良い美女であり、スラリと鼻筋の通った知的な美貌の持ち主である。

「そちらにかけて頂戴。貴方はお茶を淹れてきてくださる？」

「あ、はい。すぐにお持ちしますねー」

指示を受けた受付嬢が下がっていった。

カイムとミリーシアが勧められたソファに腰かけ、ティーとレンカが後ろに立つ。

「依頼達成の報告だったわね？　それじゃあ、話してくださるかしら？」

「はい、わかりました」

ミリーシアが代表して、村での出来事について説明する。

魔法の霧に覆われていた村に数十体のゾンビがいたこと。ゾンビを生み出したのがリッチであったこと。そのリッチが『ヴェンハーレン』と名乗っていて、自分がこの土地の王であり帝国に復讐すると話していたこと。

「…………」

シャロンは黙ったまま話を聞いていたが、やがて物憂げに目を伏せた。

「そう……なるほどね。理解できたわ」

「何かご存じなんですか？」

「ええ……あの村が、というかこの近隣の地域にはかつて『トーテス王国』という国があったのよ。百年以上も前にガーネット帝国に滅ぼされて征服されたのだけど、ヴェンハーレンというのはその国の最後の国王の名前ね」

「トーテス王国……歴史書で読んだことがあります。アンデッドを使役する邪術を操る国であったと……」

「ええ……トーテス王国の王は滅ぼされてからも悪霊になって祟りをもたらしたから、当時の神官達が霊廟を建てて封印したそうよ。確か、あの村の傍に王の魂を封じた霊廟があったはずだけど……」

「誰かがその霊廟を壊したってことか？」

受付嬢が運んできた紅茶を一口飲んでから、カイムが会話に加わった。

「あんな奴を復活させたとして、得するやつがいるなんて思えないけどな。誰が何の目的でやったんだよ」

「………………」

カイムの問いを受けて、シャロンが口元に手を添えて考え込む

「うーん……意図的に破壊したとは限らないわね。経年劣化で壊れてしまったのかもしれ

ないし、偶発的な事故で壊れた可能性もあるわよ。もちろん、人をやって調査をするつもりだけど……」

「もしも故意に破壊されたのだとしたら、帝国に対しての破壊行為ということになりますね……ひょっとしたら、私達のような皇族に恨みを持つ者の犯行かもしれません」

シャロン、ミリーシアがそろって表情を曇らせる。

もしも今回の事件に黒幕がいるのだとすれば……単純なアンデッドによる魔物被害という問題には収まらなくなってしまう。

「……まあ、いいわ。ここから先は私達の仕事だから。とにかく……ご苦労様でした」

シャロンが物憂げな表情をしながら、四枚のカードをテーブルに置いた。

「これがギルドの冒険者証よ。ランクはBランクにしておいたわ」

「おお！」

カイムが差し出されたカードを手に取った。

薄い金属製のカードにはそれぞれの名前と『B』の文字が刻まれている。

「Bランク冒険者ともなれば、大抵の町や関所は通行税を取られることなく通ることができるわ。冒険者としての信用も高いので、情報収集にも役立つはずよ」

「有り難いな。たった一つ依頼をこなしただけでBランクとは気前が良い」

「『黒の獅子』とリッチを倒したことを考えると、Aランクでも問題はなさそうだけどね……ギルド支部の裁量で与えることができるのはBまでだから。貴方達だったら、実績を積めばAにもSにも届くことでしょう」

「私まで頂いてしまって……本当に良かったんですか？」

ミリーシアが申し訳なさそうに眉尻を下げる。ミリーシアは『黒の獅子』との決闘には参加していなかったし、神聖術は使えても戦闘能力はそれほど高くはない。

「良いのですよ。ミリーシア殿下も身分証は必要でしょう？」

シャロンが穏やかな表情で微笑んだ。

「名前はあえて『ミリーシア』のままにしておきました。貴女がお生まれになった際、生まれた子供に同じ名前を付ける方が大勢いましたので、そのままの方がかえって目立たないと思いますよ」

「お気遣い、ありがとうございます」

ミリーシア、ティー、レンカはそれぞれギルド証を受け取った。続いて渡された報酬の袋には金貨がずっしりと詰まっている。

これで報告は終わりだが……もう一つ、聞いておかなければいけないことがある。

「ところで……街道の復旧の方はどうですか？」

ミリーシアが訊ねる。

カイム達がこの町に立ち寄ったのは、あくまでも帝都に向かう途中の寄り道である。

しかし、この先の街道が土砂崩れによって通れなくなってしまったため、仕方がなく滞在しているのだ。

「うーん、残念ながら街道の復旧にはまだまだ時間がかかりそうですわね」

「そうなんですか……」

「ええ、思った以上に被害が酷いらしくて。魔物が住処にしている森を突っ切れば帝都まですぐなのですけど……さすがに危険ですわね」

「俺なら平気だが？」

「カイムさんが強いということは知っているけれど……難しいと思うわ。あの森は魔境、『公爵級』に相応する魔物も棲みついている場所だから。『歩き樹木』も徘徊していて、案内人がいなければ森を通り抜けることはおろか、生きて外に出ることも難しい迷いの森よ」

『魔境』というのは大地の底を走る霊脈から魔力が噴き出している場所のことである。

動植物が魔力の影響を受けて突然変異を起こしており、普通の森よりもずっと強力な魔物が生息していた。

『歩き樹木』もまた魔境の影響によって変異した植物の一つであり、木でありながら根を張ることなくそこら中を歩き回り、旅人を迷わせる厄介な存在である。

「もうしばらく、この町に滞在してもらうのが賢明だと思うわ。帝都まで様子を見に行かせた冒険者からの報告もいずれ上がって来るでしょうし」

「街道が封鎖されているんだろう？　その冒険者も戻って来られないんじゃないか？」

「道を通らずとも、情報を知らせるだけならば方法があるのよ……まあ、色々とね」

カイムの問いにシャロンが曖昧な返答をした。

「長くは待たせないわ。たぶん、三日もあれば帝都の現状がわかるはずよ。せっかくだから、この町を楽しんでくれると嬉しいわ。女性用のエステやマッサージもあるし、温泉にでも入ってゆっくりしていったらどうかしら？」

「お、温泉……」

カイムがわずかに顔を引きつらせる。温泉にはあまり良い思い出がない。三匹の牝獣に襲われて宿屋の女将に怒られた記憶しかなかった。

「まあ、仕方がないですね……」

「姫様……」

ミリーシアが焦燥した様子で顔を伏せ、レンカが気遣わしげに主人の肩に手を置いた。

帝都ではミリーシアの二人の兄……アーサーとランスが政争を繰り広げている。

争いを止めたいミリーシアとしては、一刻も早く帝都に向かいたいのだろう。

「急がば回れですわ、ミリーシアさん。焦ってはいけませんの」

「……大丈夫です。ありがとうございます、ティーさん」

慰めの言葉をかけるティーにも礼を言って、ミリーシアがシャロンに向き直る。

「それでは、何かわかったらすぐに知らせてください。イルダーナ様」

「ええ、もちろんですわ。ミリーシア殿下」

「じゃあな」

挨拶を交わして、カイム達は冒険者ギルドを後にした。

「やれやれ……宿屋に戻ってゆっくり休むか……」

「温泉に入りますの！　堪能ですわ！」

「……男女別だからな。絶対にもう一緒に入らないからな？」

元気良く提案してくるティーに、カイムが念押しをする。温泉でハッスルをしてしまったせいで、次に露天風呂を汚したら出禁にすると釘を刺されていた。

「俺は共用の浴場で済ませる。部屋に備え付けの風呂はお前らだけで使え！」

「「ムウ……」」

憮然としたカイムの返答に、ティーだけでなくミリーシアやレンカまで不満そうに唇を尖らせたのであった。

○　○　○

もうしばらくジャッロの町に滞在することになったカイム一行であったが、四六時中、宿屋に引きこもっているわけにもいかない。

その日は女性陣が気分転換も兼ねて、この町にある美容施設を訪れている。

泥を使ったパックやマッサージ、垢すりなど。温泉施設と併設して建っているらしく、朝早くから出かけて行った。

唯一の男性であるカイムは珍しく一日フリーとなったため、一人で適当に町の中を散策することにした。

（へえ……結構、観光地として栄えているんだな）

町の大通りをブラブラと見て回りながら、カイムはぼんやりと思った。

これまで気がつかなかったが、ジャッロの町の大通りには外からやってきた旅行者らしき者達がたくさんいて、通りに出ている店も観光客向けのものが多い。

「いらっしゃい。温泉卵、食ってってよー」

「ゆで卵か？　こんな所で？」

露店に売っていた商品にカイムが怪訝な表情になる。露店の店主が豪快に笑いながら、木皿に入った卵を差し出してくる。

「温泉卵だよ。割ってみりゃわかる」

「……………？」

カイムは言われたとおり、木皿の縁に卵を叩いて割った。

割れた殻の中から、トロリと半液状の白身に包まれた柔らかな黄身がこぼれ出る。

「これって……生、じゃないよな？」

「温泉で茹でた卵だよ。適度に固まって普通の卵よりもトロトロで美味いんだ」

店主が木皿の上のトロトロ卵に山吹色のオイルをかけて、スプーンを渡してくる。

カイムが恐る恐る卵を掬って口に運ぶと……舌の上で蕩ける食感と共に、ほどよい塩気と油分がチュルリと喉の奥に流れ込んできた。

「美味いな……！」

「だろう？　こっちの揚げ卵も食ってみな」

続いて渡されたのは、油で揚げた卵だった。温泉卵よりも原形はとどめているようだが……カイムが口に運ぶと、カリッとした食感の後に熱い黄身がトロリと口内に広がった。

温泉卵と似て非なる食感と味。どちらも生まれて初めて食べる物だった。

「同じ物をもう一つずつくれ」

「あいよ！　お待ち！」

店主が活きの良い返事をして、追加で手渡してくれる。

「あっちにエールが売っているから一緒に食べると良い。酒のアテとしても合うからよ」

「そうしてみよう。ありがとな」

店主に礼を言って、別の露店で売られていた酒を購入した。

他の露店で鳥の串焼きや川魚の姿焼きなども買って、適当なスペースに腰かけてエールと一緒にたいらげる。

「プハーッ！」

露店で買った料理を食べ、エールを一気飲みし……足りなくなったので追加で購入して、また酒を飲む。

『毒の王』であるカイムは毒物に対して絶対的な耐性を有しており、酒をいくら飲んでも心地好いほろ酔い気分でいることができる。

町中に座って、エールを買っては飲み、買っては飲み……昼間から働きもせずに酒を飲むダメ人間のような姿になっていた。周囲の観光客には酒や料理を食べ歩いている者は少なくないが、カイムほど本格的に宴会状態にはなっていない。

(何か……色々と終わっている気がしてきたな。周りの目なんてどうでもいいが)

別にこの町に永住するわけでもあるまいし、町の住民にどう思われようが知ったことではなかった。

少なくとも……路上でお散歩プレイをすることに比べれば遥かにマシだろう。

「あら、カイムさんじゃないの」

「ん……?」

声をかけられて顔を上げると、昨日も会ったシャロン・イルダーナの姿があった。

今日のシャロンはスーツではなく、カジュアルなブラウスとワイドパンツを身に着けている。服装からして休日なのかもしれない。

「町を楽しんで欲しいとは言ったけれど……予想以上に満喫しているようね」

シャロンが髪を指先で上げながら苦笑をする。

カイムがここまで観光地に染まり切っているとは、さすがに予想外なのだろう。

「他の皆さんとは別行動なのかしら?」

「ああ。三人とも朝からエステとやらに行っているよ」

「ああ、なるほどね。この町にある泥パックとか本当に肌がスベスベになるから、お勧めなのよね。カイムさんも一緒に行けば良かったのに」

「……勘弁しろよ。美容とか興味ないっての」

恋人が綺麗になる分には結構なことだが、自分が知らない奴に身体をあちこちマッサージされるなど考えただけでくすぐったい。そんなのは夜のプレイだけで十分である。

「ふうん？　それじゃあ、せっかくだから私と飲み直さない？　私もちょうど一人だし……良いカクテルを出す店を知っているわよ？」

「カクテルね……まあ、悪くないか」

そろそろ、エールに飽きてきた頃合い。別の酒が飲みたかったところだ。

「いいぜ。案内してくれよ」

「ええ、それじゃあ行きましょうか」

エールや食べ物の残骸を適当なゴミ箱に放り捨てると、シャロンが自然な動きでカイムの腕に自分の腕を絡めてきた。

ティーを始めとした女性陣と腕を組んだことはあったが、彼女達がするようにガッチリと腕を極めてくることはしない。本当に自然な腕の組み方だった。

（男にエスコートされるのに慣れているんだろうな……まさに大人の女だ）

隣から鼻をくすぐってくる香水の匂い。二の腕にそっと当たる胸の膨らみ。

どっちがエスコートしているのかわからない歩き方でカイムとシャロンは町中を歩いていき、裏路地にある小さな酒場へと入っていった。

「小さいけど、お酒はとても美味しいのよ。隠れ家的な店ね」

「へえ……雰囲気は嫌いじゃないな」

大通りにある喧噪の絶えない酒場とは違って、ひっそりと静かな雰囲気のバーである。

「いらっしゃいませ」

年配の店主がカウンターの奥でグラスを磨いていた。他に客の姿はない。

カイムとシャロンはカウンターに並んで座った。

「何か飲みたいものはある？　お姉さんが奢ってあげるわよ」

「カクテルなんて上品な酒は飲んだことがないからな。任せるよ」

「そう？　それじゃあ、マスター。お勧めのお酒を頂戴」

「畏まりました」

店主が頷いて、シェイカーに複数の液体を流し込む。カシャカシャと小気味よい音で上下に振ってからグラスに注いだ。仕上げにオリーブを添えて、カイムとシャロンの前に差し出してきた。

「どうぞ、マティーニでございます」

「マスターの出す酒にハズレはないわ。どうぞ」

「ああ、頂こう」

エールとは違って透明に近い色の酒である。

グラスを持ち上げて口を近づけると、爽やかなハーブの匂いが鼻をくすぐる。

「フム……」

ゆっくりと口に流し込むと、意外とアルコール度数が強くてキレのある味わいが舌を刺す。爽やかな苦みがあり、それでいてスッキリとした後味が癖になりそうだ。

「美味い……初めて飲むタイプの酒だな」

「そうでしょう？　このカクテルは私もお気に入りなのよ」

シャロンがグラスを軽く揺らして香りを楽しんでから、口を付ける。

コクリコクリと喉を鳴らしてカクテルを流し込み、飲み口に付いてしまったルージュをさりげなく指で拭った。

「…………」

ただグラスの酒を飲むだけの仕草が妙に様になっている。

一挙一動が洗練されているというか、大人の女性の上品さがあった。

（ミリーシアのテーブルマナーとかもすごい綺麗だけど、種類が違うよな……）

「フウ……美味しい。もう一杯いかがかしら？」

「もらおうか」

マスターが追加でカクテルを差し出してくれる。カイムとシャロンは一杯、二杯、三杯と次々と出される酒を飲んでいった。

カイムはもちろんのことだが……意外なことに、シャロンもかなりの酒豪のようだ。

それなりに辛口の酒だというのに、カイムと同じペースで飲んでいた。

「ところで……貴方はあの御方と一緒に町を出てしまうのかしら？」

「あの御方……ミリーシアのことか？」

「ええ、あの御方よ」

マスターもいるので、あえて『皇女』という呼び方を避けているようだ。

「そのつもりだ。俺はあいつに雇われている護衛だからな」

「そう……残念ねえ。将来有望な冒険者が入ってくれたと思ったのに」

「優秀な冒険者だったら、アイツらがいるだろう？　『黒の獅子』とかいったか？」

「残念ながら。彼らはもういないわ」

シャロンがグラスに残ったオリーブを揺らしながら肩をすくめた。

「貴方達との決闘に負けてすぐ、彼らは別の町に移ってしまったわ。冒険者でもない一般人に絡んで決闘を挑み、挙げ句の果てに惨敗したという恥に耐えられなかったようね」

冒険者ギルドに入った際、カイム達を見て多くの冒険者がヒソヒソと話をしていた。

勝者であるカイム達に畏怖と称賛が浴びせられたように、敗者にもまた嘲笑が与えられたのだろう。

「『黒の獅子』のメンバーの内、リーダーの剣士と斥候職の男がよその町に移籍。残った一人は怪我が原因で冒険者を引退することになったわ」

「そりゃあ、悪いことをしたな」

「別に責めているわけじゃないわよ。アレは彼らの自業自得だからね」

シャロンがオリーブをつまんで口に放り込み、ゆっくりと舌の上で転がしてから果肉を奥歯で噛む。そして、カイムに見えないように手で隠しながら種を出した。

「彼らは女性の冒険者や依頼人に絡んで、色々と問題を起こしていたのよ。いずれ取り返しのつかない問題を起こすと思っていたから、その前に片付いて良かったわ。とはいえ、戦力が減ってしまったのは否めないけれど」

「ああ……それで俺を誘ったのか」

カイムは得心がいって頷いた。

どうして急に酒に誘ってきたのかと思ったら……カイムを勧誘したかったようだ。

「悪いけど……この町に残るつもりはない」

「やっぱり、彼女とは恋人同士なのかしら？」

「……ノーコメントだ」

皇女とのアバンチュールを簡単に認めるわけにもいかず、カイムは曖昧に濁した。

その返答にシャロンはクスクスと笑い、カウンターに頬杖をつく。

「悪いけどバレバレよ。男女の仲というのは距離感を見れば、わりと簡単にわかるものだから。あの三人と貴方の距離は明らかに肉体関係のある近さね」

「…………」

「まさか、あれほどの美姫を三人も手籠めにするだなんて……貴方もかなりの男ね」

「……俺を勧誘したいのか貶したいのか、どっちだよ」

「冗談よ。この町は温泉もあって観光地として栄えているから、時々でいいから遊びに来て頂戴。そのついでに仕事を請け負ってくれると嬉しいわ」

「…………考えておこう」

この町の温泉は気に入っているし、たまにであれば立ち寄っても良いだろう。

旅の目的はミリーシアを帝都まで送り届けること。やるべきことが片付いたらどうするか、まだ決まっていないのだから。

「フウ……酔ってきちゃったみたい。家まで送ってくださる？」

「……別に構わないが」

本音を言うと、もう何杯(なんばい)か飲んでいきたいところだが……酔っぱらった女性を一人で帰らせるわけにはいかないということはカイムでもわかる。

アルコールが入り、ほのかに肌を染めたシャロンはとても色っぽい。良からぬ男が今のシャロンを見たら、力ずくで暗がりに連れ込もうとするだろう。

カイムとシャロンは支払(しはら)いを済ませると、再び腕を組んで店から出た。

そのまま路地裏を歩いていき、大通りに向かっていく。

「待たれよ！　そこな者ども！」

「あ？」

しかし、野太い男の声に呼び止められた。

カイムとシャロンが揃(そろ)って振り返ると……そこには僧服(そうふく)を着た大柄(おおがら)な男を中心にして、数人の男達が立っていた。

「兄貴、間違いありません。この男ですぜ！」

「そうか……ようやく、見つけたぞ！」

「………誰(だれ)だ？」

手下らしき男に手を引かれる僧服の大男。何故か目元を包帯で覆っている。

どこかで見たことがあるような気もするが……カイムは怪訝に目を細めた。

「貴方は……シェイロウさん？」

シャロンが驚いた様子で男の名を呼んだ。

「知り合いか？」

「ええ……というか、貴方も知っているはずだけど？」

「ん？」

「『黒の獅子』の僧兵シェイロウ。貴方達と決闘したメンバーの一人じゃないの」

「あー……いたな、そういえば」

そういえば、僧侶風の大男がメイスを振り回してティーと戦っていた。

名前は聞いていなかったが、頭の中で『手下その二』と呼んでいたような気がする。

「あの決闘で負った怪我のせいで失明して、冒険者を引退したはずだけど……こんなところで何をしているのかしら？」

「おお、その声はギルドマスター殿か。そちらの男と一緒にいるのは何故かな？」

やはり目が見えていないらしく、僧服姿の大男……シェイロウが訊ねてきた。

「一緒に呑んでいただけよ。関係ないでしょう。それよりも……私に何か用かしら？」

「貴殿に用はない。用事があるのは……そちらの男だ！」

シェイロウが杖のように持っていたメイスの先端をカイムに向けてきた。

「あ？　俺か？」

「ウム、拙僧と一手死合うてもらいたい！」

何の用かと思ったら……まさかの決闘の申し込みだった。

「先日の復讐でもしたいのか？　お前の両目を潰したのはティーのはずだが？」

シェイロウはティーに顔を引っかかれたことにより、両目を失明していた。仕返しをするのであればティーの方に行くはずである。

「拙僧は力を崇めし者。誇り高きジークロンド教の信徒である！　力ずくで女を組み伏せて抱くことはしても、正々堂々たる決闘の結果に物言いなどするつもりはない！」

「だったら、どうしてまた……」

「ジークロンド教は力こそが全てである。戦えなくなった者に価値はないのだ」

シェイロウが吠えながら、メイスの先端を地面に叩きつける。地面が小さく割れて、砂ぼこりが舞った。

「あの獣人の娘が言っていた……其方が誰よりも強き者であると。その言葉を信じて、拙僧が歩みし武道の終着点とさせてもらおう！」

「……つまり、欲しいのは死に場所かよ。鬱陶しい話じゃねえか」

要するに……シェイロウという男の目的は強者と戦って死ぬことだった。

両目の視力を奪われたことで生きる意味を失い、自分から光を奪ったティーが認める強者……カイムと戦って、そして死ぬために決闘を挑んできているのだ。

「くだらないな……死にたかったら勝手に死ね」

カイムが鬱陶しそうに右手を振った。

「お前の自己満足に付き合ってやる義理はない。せっかく、気持ち良く酒を飲んだところなんだ。邪魔をするなよ」

「テメエ！　兄貴がどんな思いで……」

「知ったことか。黙ってろ」

「グゲッ⁉」

シェイロウの傍にいる男の一人が詰め寄ってくるが、カイムが放った裏拳の一発で地面に沈む。

「ほう……我が舎弟の一人を瞬殺か。見事である」

「それはどうも」

「だが……拙僧にも誇り高き武人としての矜持がある！　退けと言われて下がるわけには

ゆかぬなあ！」

シェイロウが再びメイスを持ち上げて、今度は先端をシャロンに向けた。

「お主が死合に応じぬと言うのであれば、そちらの女を犯す！」

「はあ？」

「そちらの女だけではない！　お主と一緒にいた女を全員だ！　泣き叫ぶ娘達の四肢を折って地面に組み伏せ、便所のように犯してやろうではないか！」

「………………」

挑発の上手い男だと、カイムは内心で感心した。

視力を失ったこの男にそれが出来るとは思えないが……可能かどうかの問題ではなく、カイムの前で連れの女を抱くと宣言した。

（たとえ死にぞこないであったとしても、放っておけるわけがないよな……！）

「いいぜ。そこまで言うのなら望み通りに殺ってやるよ」

カイムは決闘に応じることにして、シャロンと組んでいた腕を離す。

「ちなみに……俺がここでコイツを殺しても罪にはならないよな？」

「ええ……明らかな正当防衛だし、彼は重犯罪の実行を宣言している。盗賊や山賊と同じ扱いになるわね」

つまり、殺害しても問題はない。魔物同然の存在となったわけである。

「よし、殺してやる。さっさと来い」

「忝い」

シェイロウが両手でメイスを構える。

舎弟らしき男達がそそくさと離れて、巻き込まれないように距離を取った。

「カイムさん……」

「下がっていてくれ……どうせ、すぐに終わる」

シャロンを置いて、カイムがシェイロウの前に立つ。

シェイロウはメイスを構えたまま、ジリジリと間合いを測っている。

「ほら、ここにいるからさっさとかかってこいよ。それとも……こっちから行った方がやりやすいか？」

「参る……！」

シェイロウが意を決した様子で、メイスを振り下ろしながら突撃してくる。

声を頼りにした決死の一撃。命を捨てる覚悟すら決めた男の特攻は鋭く、そして十分な重さが乗った一撃だった。

「フッ！」

だが……やはり、相手が悪かった。

カイムはシェイロウの生涯最高の一撃を軽く身体を反らしただけで回避して、身体を捻りながら横をすれ違う。

「惜しかったな、生臭坊主。それほど悪くはなかったぞ」

「カハッ……」

シェイロウが胸を深々と斬り裂かれて、地面に倒れた。胸部に刻まれた袈裟懸けの傷痕から大量の血が流れだし、地面を黒く染めながら沁み込んでいく。

闘鬼神流基本の型――【青龍】

腕にまとった圧縮魔力を刃のように研ぎ澄まし、敵を斬る技だった。

「あ、兄貴……」

「うう、どうか冥福を……！」

地面に倒れたシェイロウの姿に、舎弟らしき男達が涙を流す。女好きの生臭坊主、明らかなクズだとばかり思っていたが、死んだ後で泣いてくれる人間はいるようだ。

「それで……お前らも闘るのか？」

「……俺達は兄貴を連れて引き揚げるよ。アンタとは戦わない」

「賢明だな」

舎弟の男達がシェイロウの遺体を回収して、この場を立ち去ろうとする。

「……兄貴に引導を渡してくれて感謝する。おかげで、この人は武術家として死ねた」

最後にそんなセリフを残して、舎弟達は路地裏に消えていった。

○　　○　　○

酒を飲み、シェイロウという名の襲撃者を撃退したカイムであったが……その後、シャロンと腕を組んで、とある建物の中に入った。

大通りからやや外れた場所にあるその店は、いわゆる『連れ込み宿』などと呼ばれる場所。男女が泊まって、アレやコレや、くんずほぐれつする場所だった。

「あー……俺達、何でこんな所にいるんだっけか？」

小さなベッドランプの明かりがあるだけの薄暗い部屋の中、カイムが記憶を探るように眉間に指先を当てた。

何か特別な会話や流れがあったわけではない。戦いを終えて、何とはなしに腕を組んで歩いて、たまたまそこにあった連れ込み宿に吸い込まれるようにして入ってきたのだ。

「口説いた覚えも、口説かれた覚えもないんだが……」

「男女の仲は雰囲気と勢いで決まるものよ。別に珍しいことだとは思わないけれど？」

部屋に備え付けられたシャワーを浴びて、シャロンが寝室に戻ってきた。

熟れた身体、しっとりと湿った桃色の肌にバスローブを纏っただけの格好であり、香り立つような大人の色気を放っている。

「貴方はどうするの？　シャワー、浴びる？」

「いや……いい。さっさと済ませよう」

あまり帰りが遅くなると、女性陣三人が不機嫌になってしまう。

こうして他の女と一緒に『休憩』しているだけでも、十分に怒られそうなものだが。

「フフッ……気が利かないセリフね。口説き文句としては最悪よ」

「おっと……」

「さっきは助けてもらったからね。これは御礼よ。存分に堪能して頂戴」

ベッドに座っているカイムの膝にシャロンが乗ってきた。

正面から抱き着くようにして、ふっくらとした唇を重ねてくる。

「チュッ……」

シャロンの舌がいきなりカイムの唇を割り、口内に侵入してきた。

両腕をカイムの首に回して逃げ場のないように軟らかく固めており、胸板に豊かな双丘を押しつけてくる。魅惑の乳房の感触に陶酔していると、舌の動きが増してカイムの舌を一方的に舐ってきた。

「ん……ぐっ……！」

（この女……慣れてやがる……！）

これまで身体を重ねてきた三人とは明らかに異なる。彼女達のようなたどたどしさは少しもなく、シャロンの舌遣いには経験に裏打ちされたテクニックがあった。

（コイツ、どれだけの男に抱かれて……いや、抱いてきた？）

「冒険者は奔放な子が多いから。別におかしいことじゃないわ」

カイムの思考を読んだかのように、シャロンが一度唇を離して耳元で囁く。

「将来有望な男の子……時々女の子もだけど、出来るだけ味見することにしているのよ。冒険者のやる気を引き出すのもギルドの職員として必要な仕事なのよね」

耳に「フッ……」と甘い息を吹きかけ、再び唇を重ねてきた。

先ほどよりも舌の動きを速めて、カイムの口内に攻め込んでくる。

（なるほど……確かに、この技があればどんな冒険者だって手玉に取れるだろうよ）

カイムが心の中で巧みな舌技を称賛した。

舌と舌が複雑に絡まり合い、そこから生じた快楽の火花が脳内を駆け巡る。

押しつけられた胸が卑猥に形を変えているのが、手に取らずともわかってしまう。

身体を密着させてキスをしただけで、どうしてこれほどまでも男を感じさせることができるのだろう。この快楽を味わわされたら、もうシャロンに頭が上がらないようになるに違いない。

彼女はこうやって多くの冒険者を虜にして、支配下に置いてきたのだ。

（見事だ。感服する……だが、俺も男として負けるわけにはいかない！）

「ンンッ……!?」

カイムがシャロンの舌を押し返して、反対に彼女の口内へと侵略する。

（経験とテクニックでは負けているが……フィジカルではこちらに分があるはずだ！）

「んぐっ……ん、あ……ンヂユウ……！」

カイムは欲望が赴くままにシャロンの唇を貪り、荒々しい舌遣いで責め立てる。

獣が獲物を襲うようなディープキスは、先ほどシャロンが見せた繊細でねっちこい舌技とは対照的なものだった。

技なんて欠片もない。ひたすらに、一方的に喰らうだけの乱暴な口付けである。

（俺をそこらの男と一緒にするなよ。お前なんかに屈服させられて一方的に絶頂かされたら、あの三人に申し訳が立たないんだよ！）

ティー、ミリーシア、レンカ。三人の恋人がシャロンに劣っているわけがない。経験やテクニックは別として、女としては彼女達が勝っているはずだ。

ここでシャロンに一方的に負かされてしまえば、これまで抱いてきた彼女達の格が下がる。理屈ではなくそんな気がする。

「あ、荒っぽいのね。ダメよ、がっついたら」

カイムの唇から逃れたシャロンが困った様子で窘めてくる。

「今日は助けてもらった御礼なのよ？　お姉さんがエスコートしてあげるから、リラックスしていなさい」

「生憎だが……俺は喰われるよりも喰う方が好みなんだ」

カイムが凶暴な獣のように牙を剥いて、嗤う。

「ここからは俺も攻めさせてもらう。先に音を上げるのはどっちかな？」

「……良いわね。やってごらんなさい」

カイムが体勢を反転させ、シャロンをベッドに押し倒してバスローブを剥ぎ取った。

押し倒され、組み伏された形になったが……シャロンはなおも艶然と微笑む。

「二十にもならない坊やに私を絶頂かせられるかしら？　惨めな早撃ちにならないことを祈るわよ」

「言ってやがれ。すぐに軽口を叩けなくしてやるよ！」

カイムが容赦なく腰を落とした。

伝説の武器のように雄々しく伸びた『剣』が大地の切れ間に突き刺さり、雷が落ちたように巨大な快楽が白い光となって弾けた。

○　○　○

「ハア、ハア……見事だったわ。今日のところは引き分けにしておいてあげる」

二時間にわたる激闘を終えて、シャロンが荒い呼吸をしながら言う。

カイムとシャロンは共にベッドに沈み、疲労から全身を汗だくにしていた。

「正直、この私があそこまで喘がされるとは思わなかったわ。これが若さなのかしら？」

「別に、言うほどの年でもないだろうに」

カイムもまた戦い抜いた疲労に肩で息をしながら答える。

フィジカルでは勝っていたはずなのだが、やはり積み上げてきた経験の差は大きい。

持ち前の体力でゴリ押しをして、ギリギリで引き分けに持ち込めたという具合だった。

「貴方、セックスにはかなり自信を持って良いわよ。さすがはミリーシア殿下が選んだ男ね。あの御方も貴方の『剣』に刺されて屈服したのかしら？」

「……さあな」

「ウフフフ……」

シャロンが愉快そうに笑って、カイムの胸板を人差し指でくすぐった。

「他の二人も抱いているんでしょう？　英雄、色を好むというやつかしらねえ？」

「……悪かったな。女誑しの最低男で」

「悪いなんて言っていないわよ。むしろ、帝国では強い男が複数の妻を持つのは推奨されていることなんだから」

帝国は強者の国。能力があれば、ハーレムを築いたって誰にも文句は言われない。

「まあ、相手が皇女様となれば、認めてもらうのに苦労すると思うけど……」

「だよな……ところで、身体におかしいところはないか？」

「何よ、急ねえ。別に腰を痛めたりはしていないけど？」

「そうか……」

どうやら、シャロンの身体に異常はないようだ。

カイムの体液は相性の良い異性に対して媚薬として働く。シャロンにはそれが作用した様子もないし、ミリーシア達とは違うようだ。

（確かに、あの三人とするときとは違ったんだよな。こう、一味足りないというか……）

シャロンとのセックスは文句なしで気持ちが良かったが、いつもの三人とする時と比べて物足りなさがあった。やはり、彼女達はカイムにとって特別ということだろう。

（それがわかっただけでも、コイツとやった甲斐があった……いや、最低かよ）

他の女を抱くことで本命の彼女の魅力に気がつくなんて、相当な男である。

カイムは自分自身の所業に呆れ果て、嫌な男になったものだと反省するのであった。

ジャッロの町に滞在すること数日。

崖崩れによって閉鎖された街道が復旧されることもなく、時間だけが過ぎていく。

カイム達は空いた時間で必要な物資を購入したり、温泉を堪能したり、ギルドで依頼を受けて魔物と戦ったりしていた。

ちなみに、シャロンと身体を重ねたことについては帰宅後すぐに露見している。

鼻が利くティーがいるのだから隠しようもないので、カイムも素直に白状した。

「がう、カイム様だったら仕方がありませんの」

「帝国の女は寛容ですから、そんなに気にしなくても良いですよ？」

「まあ、あまり女が増えすぎるのも困るがな。飼い犬は私だけで十分だ」

意外なことに……ティーもミリーシアもレンカも、カイムがシャロンを抱いたことについてまったく怒っていなかった。

それというのも……ティーは獣人。強い雄がたくさんの雌を従えることに抵抗がない種族である。ミリーシアとレンカは一夫多妻制をとる帝国の生まれであり、二人の父親にも複数の妻がいるとのことで気にならないようだ。

そのため、カイムが他の女と関係を持つことは問題ないとのことだが……それはそれとして、その日の夜は三人から搾り取られてしまった。

そんなふうに退廃的な生活をしていたカイム達であったが……ある日、彼らが滞在する宿屋にシャロン・イルダーナからの使いがやってきてギルドに呼び出された。

「帝都のことだけど……どうやら、今は内乱が起こる寸前みたいね」

ギルドの応接間。やってきたカイム達にシャロンが溜息混じりに言う。

「内乱って……どういうことですか⁉」

顕著に反応したのは、もちろん、当事者であるミリーシアである。

テーブルから乗り出して、対面のソファに座っているシャロンに詰め寄った。

「お、落ち着いてください！　ミリーシア殿下！」

シャロンが両手でミリーシアを制しながら、事情を説明する。

「ご存じの通り……帝都には二人の皇子、アーサー第一皇子とランス第二皇子が次期皇帝の座を巡って対立しています。皇帝陛下は病に臥せっており、二人の争いを止めることはできない状況です」

「…………」

「これまでにも水面下での争いはあったようですが……先日、ランス殿下の腹心だった部下が何者かに殺害されました。そのことが切っ掛けとなり、ランス殿下が配下を引き連れて帝都を脱出。帝国東部に逃れて、挙兵の準備をしているとのことです」

「そんな……まさか、そこまで事態が動いているだなんて……！」

「姫様……」

ミリーシアが顔を青ざめさせて、ソファに座り込んだ。

背後に立っていたレンカが気遣わしそうに肩を抱く。

「アーサー殿下もランス殿下を迎え撃つべく、戦の準備をしているとのことです。両者の衝突は時間の問題。いずれは内乱となることでしょう」

「……どうやら、時は一刻を争うようです。今すぐにでも帝都に向かわないと……！」

「だが……街道は封鎖されているんだろう？　やっぱり、引き返して迂回するのか？」

ジャッロの町から帝都に向かう街道は通ることができない。一度南に引き返して、そこから東に向かうことになってしまう。

「いいえ、それでは間に合わないかもしれません……一か八かの賭けにはなりますが、森を突っ切って帝都を目指しましょう！」

以前にも、森を通って帝都を目指すという案は出ていた。しかし、危険な魔物が棲んでいる魔境を通るのはリスクが高いということで、その意見は流れている。

「俺は別に構わないが……本当にいいのか、それで」

「はい……カイムさん達には負担をかけてしまいますが、私は少しでも早く帝都に戻って兄達を止めなければいけないんです。どうか、よろしくお願いします……！」

カイムが確認すると、ミリーシアが仲間達に深く頭を下げる。

「俺は別に構わない。まあ、戦いは得意分野だからな」

「ティーも大丈夫ですの。腕が鳴りますわ」

「姫様が覚悟を決められたのであれば是非もありません。お供いたします」

カイム、ティー、レンカが順番に同意する。

ミリーシアを一刻も早く帝都に送り届けるため、危険な森を横断して帝都に向かうことを決定した。

「無謀ですわねえ……魔境はただ強ければ突破できるというほどシンプルな場所ではありませんことよ？」

シャロンが呆れた様子で窘める。

「いくら戦闘能力が高くとも、森の深くに入れば迷わされて出てこられなくなることも多いんです。皆様だけでは危険ですわ」

「それはわかるんだが……他に方法がないだろう？」

「仕方がありませんわね……そうなるだろうと思って、案内役を用意しておきましたわ」

シャロンが苦笑しつつ、パンパンと両手を叩いて鳴らす。

すると、応接間の扉が開いて小柄な少女が入ってきた。

「こちら、我がギルドでサポーターとして働いているロータスさんよ。仕事で長らく町を空けていたんだけど、昨日戻ってきたの」

「は、はじめましてっ！　よろしくお願いしまひゅっ……」

ギルドから紹介された案内人はいきなり噛んだ。

舌を噛んだ口元を両手で押さえて、涙目になって悶絶している。

「……これが案内人か？　本当に？」

カイムが疑わしげに目を細める。

シャロンに紹介されたのはカイムの腰ほどまでしか背丈のない少女だった。

丈夫そうな作りの上着とショートパンツ。背中には大きな背嚢を背負っており、頭部からロップイヤーが垂れている。

明らかな獣人である。少女の動きに合わせて、黒髪のショートカットと同色の耳がひょこひょこと揺れていた。

「あら、この子はウチのギルドで一番優秀なサポーターよ。実力は保証するわ」

サポーターというのは直接的な戦闘をすることなく、他の冒険者の支援を専門にしている者達のことだった。荷物を運んだり、野営や食事の準備をしたり。戦闘中にはアイテムを使って仲間を支援する場合もある。

「この子はお爺さんの代から狩りや採取をしていて、森の内部を知り尽くしているわ。この子以上の案内人を用意することは不可能ね」

「ろーたひゅでふ。おねがいしましゅ……」

「…………」

ギルドマスターから実力を保証された案内人が自己紹介をしてくる。

噛み噛みで良く聞こえなかったが、おそらく『ロータス』と名乗ったのだろう。

「まあ……実力があるのなら何でも構わないけどな。子供だろうが老人だろうが」

「よろしくお願いします……ごめんなさいね、私達の都合に巻き込んでしまって」

ミリーシアが申し訳なさそうに言うと、ロータスが首を左右に振った。その動きに合わせて黒いロップイヤーもブンブンと揺れる。

「だ、だいじょうぶですっ、気にしないでくださいっ！」

「がう、可愛い子ですの。撫でてあげたくなりますの」

「ひいっ⁉」

ティーが近づこうとすると、ロータスが勢いよく跳ねた。

小さな影が室内を素早く駆けていき……瞬く間に、応接間のソファの後ろに隠れる。

「お、おお……速い？」

「逃げられましたの！　どうして逃げるんですの⁉」

「あー……ごめんなさいね。この子ってばとても臆病な性格なのよ。兎の獣人だから、他の獣人が怖かったのかもしれないわね」

「ああ……虎だもんな。そりゃあ怖がるか」

ティーはホワイトタイガーの獣人であり、兎にとっては捕食者にあたる存在である。獲物の本能として即座の離脱を選んだのか。

「そんな臆病な奴に危険な森の道案内ができるのか？　子供を連れていくだなんて心配なのだが……」

隠れているロータスを見て、レンカも呆れたように苦言を呈する。

高潔な女騎士としては、危険な場所に子供を連れていくことが心配なのだろう。

「あらあら、仕方がないわね」

ギルドマスターは苦笑しながら隠れたロータスの背嚢を掴んで、カイムの方に引っ張ってくる。

「あうう……」

「くどいようだけど……この子のサポーターとしての腕は本物よ。森だって誰よりも詳しいわ。臆病で逃げ足が速いのはそれだけ危機察知能力が強いのだと思って頂戴。心配しなくても、依頼主を置いて逃げたりはしないわ」

「そうだと良いんだがな……」

カイムは無理やり引っ張ってこられたロータスを受け取る。

かなり不安があるが……先ほどの逃げ足を見る限り、みすみす死ぬことはないだろう。

(俺達の都合に巻き込まれて死んだりしないのなら、何だって構わない。目の前で死なれたりしたら、俺はともかくミリーシアは落ち込むだろうからな)

「とりあえず……これの面倒はティーに任せるか」

「任されましたの！」

「ひゃあああああああああ～!?」

カイムは悲鳴を上げるロータスをティーに押しつけた。

「それじゃあ、俺達はさっそく帝都に向かうことにする……色々と世話になったな」

「構わないわ。お互い様だもの」

シャロンが柔らかく、包み込むような笑みをカイムに向けた。

「また近くに来たら寄って頂戴。歓迎するわ」

「どうせ仕事をさせるつもりだろう？　見え透いているんだよ」

「仕事の後は、この間のようにサービスをしてあげるわ。それで不満かしら？」

「…………」

カイムが黙り込み、そっと視線を逸らす。

「カイム様……」

「カイムさん……」

「よし、出発だ」

半眼になって睨んでくる女性陣を誤魔化すように、カイムはさっさと出発することを宣言したのである。

○　○　○

ギルドでのやり取りを終えて、カイム達は町を後にした。

ジャッロの町で過ごしたのは一週間に満たない期間だったが、ギルドでの決闘にアンデッドの討伐、ギルドマスターとの密会……それなりに濃厚な日々だった気がする。

町を出たカイムは東側にある森――『リュカオンの森』に向かった。

この森を突っ切れば、土砂崩れによって封鎖されている街道を通ることなく、帝都に到着することができる。

「そ、それでは、これからリュカオンの森に入りまひゅっ！」

森の入口に立って、案内人である黒兎の獣人――ロータスが涙目で宣言した。

ギルドから紹介された案内役であるロータスは恐縮しきった様子であり、身体はカチコチ、言葉は舌っ足らずで噛み噛みになっている。

どうして案内役が一番緊張しているのだとツッコみたくなるような醜態である。

「リュカオンの森が『魔境』と呼ばれている理由は、ここがマナの大量に噴き出ているポイントの一つだからですっ。芳醇なマナを吸って成長した魔物が多数生息していまひゅっ」

「つまり、強力な魔物がいるから危険……ということだな？」

カイムの問いにロータスがコクコクと何度も頷く。

「はひっ！　魔物も強力ですけど、それに加えてこの森には『歩き樹木』や『マヨイダケ』などが自生しています。これらの植物によって人間の方向感覚が狂わされて、おまけに磁石などにも不具合を生じさせていますっ。慣れない人間であれば、森に入ったきり出てこられなくなりまひゅ」

『歩き樹木』は歩いて移動する木。『マヨイダケ』は胞子によって人間の方向感覚を狂わせて行き倒れにして、死体に胞子を植え付けるという植物だった。

仮に魔物を倒せる力があったとしても、それらの植物を攻略しなくては森を抜けることはできない。

「森は浅層、中層、深層の三つに分かれてまひゅ。浅層までだったら危険もなく、魔物もほとんど出ないので地元の人間が薬草取りをしていますけど、中層以降は案内役がいないと命にかかわります。くれぐれも迷子にならないように注意してくださいっ」

説明を終えるや、ロータスがクルリと回ってカイムらに背中を向ける。ロップイヤーの耳が横に揺れて弧を描く。

「それでは、森に入りますね。浅層では危険は少ないでしゅけど……遅れないようにしてくだしゃい」

「ああ、わかった」

大きな背嚢を背負ったロータスが落ち葉を踏みしめ、森の中に入っていった。

その後ろをカイムが続き、ミリーシアとレンカが横に並んで、最後尾にティーがついていく。事前に決めておいた隊列である。

近隣の村や町の住民からは魔境と呼ばれて恐れられている森であったが、入口に近い部分では特に妖しげなことは起こらなかった。普通の森と変わらずに木々が生い茂っており、小鳥や小動物の姿も見られる。見覚えのある食用のキノコや野草も生えていた。

「へえ……大したものだな」

ロータスの後ろを歩きながら、カイムは小声で感嘆する。

前方を歩くロータスであったが、彼女はほとんど足音を立てることなく歩いていた。足音だけではなく、衣擦れや荷物が揺れる音もほとんどしない。

気配も限りなく薄められているため、よほど勘の良い人間でもない限り、真後ろに立たれたとしても気がつくことはないだろう。

(これが熟練のレンジャーなのか……戦闘ではまるで負ける気がしないが、コイツが本気で潜伏したら俺だって見つけられないだろうな。シャロンが推薦するわけだ。この隠密術は見習う価値がある)

カイムは後方から、ロータスの足さばきや両腕の動きを注意深く観察する。

手足の動きを模倣して、少しずつ彼女の動きに身体を近づけていく。

ぶれない体幹。静寂でありながらもしっかりとした足腰の動きは熟練の格闘家にも通じるものがある。『闘鬼神流』という武闘術をかじっているカイムだからこそ、それがよほどの訓練を積んだものであるとわかった。

(身体の動きだけではない……呼吸もだ)

重い荷物を背負いながらも、少しも乱れることのない静かな呼吸音。ロータスの熟達した腕前は否応なしに理解させられる。

(この動きは格闘術にも応用できそうだな……別に暗殺者を目指しているわけじゃないけど、極めれば何かと役に立ちそうだ)

カイムが動きを真似していると、ロータスが不思議そうに振り返ってきた。

「…………？」

ロータスはカイムの顔を一瞥すると、また前方に視線を戻す。

どうやら、カイムの気配が希薄になったのを感じ取って振り返ったらしい。

そのまま歩くこと二時間。道中では特に会話もなく、順調に森を進んでいった。

しかし、唐突にロータスが立ち止まった。それまで迷いなく歩いていたはずなのに、どこか緊張した様子で。

「こ、ここからが中層になりましゅ。危険度も跳ね上がるので注意してくだしゃい」

「ここが……特に変わったようには見えないが？」

隊の中央を歩いていたレンカが怪訝な顔をしている。ミリーシアも不思議そうに周囲を見回し、ふと口を開く。

「そういえば……周囲の魔力が濃くなったような気がします。空気が重くなって、少しだけ、アンデッドに支配されていた村と近いような……？」

「なるほど。言われてみれば、そうだな……」

そこは一見すると普通の森と変わらないが、鋭敏な魔力感知を持つ者だけが変化を理解することができる。同じ森だというのに、まるで見えない壁が立ちふさがっているかのように魔力の濃度が濃くなっているのだ。

「……ようやく、魔境が本当の姿を見せたわけか」

よくよく感覚を研ぎ澄ましてみれば、周囲から小動物の気配も消えていた。この先には野生動物も近寄らないのだろう。

魔境――『リュカオンの森』。ここからが本当の魔境の始まりであった。

リュカオンの森。中層。

本格的に魔境に足を踏み入れるにあたって、案内役であるロータスが背嚢を下ろして中を手で探る。

「ここからはコレを握っていてくだしゃい。絶対に放さないように気をつけて……」

「これは……ロープか？」

ロータスが背嚢から取り出したのは太いロープだった。金属が編み込まれているのかずっしりと重く、並の刃物では切断も難しそうだ。

「命綱でしゅ。はぐれるといけませんから、絶対に放さないでくだしゃい」

「それは構わないが……いくら何でも、大げさすぎないか？　そこまで視界が悪いようにも見えないが……？」

「ここはもう魔境の一部でしゅから。まっすぐ歩いているようでグルグルと回っています。前の人の背中を追っているようで、いつの間にか独りぼっちになっている……そういう場所なんでしゅ」

「……わかった。案内人の意見に従おう」

カイムは実力こそ『侯爵級』の魔物でも倒せるが、冒険者としては素人である。熟練の案内人であるというロータスの意見に逆らうつもりはない。

振り返って後方の仲間に目配せをすると、ミリーシア、レンカ、ティーの三人はそれぞれ頷き返してくれる。

「それじゃあ、いきましょう。ゆっくり歩きましゅね……」

ロータスは慎重に、それこそ臆病すぎるとしか思えないような緩慢な足取りで歩いていった。さすがに怪訝に思うカイムであったが……すぐにその意味を悟ることになる。

「………!?」

森の中層に足を踏み入れて数分。急に視界がぼやけてきた。

霧が出ているわけでもないのに視界が霞む。前を歩いているロータスの背中が左右にぐらついて見える。

周囲にある木までもが揺れているように見える。まるで歩いているかのように……。

「いや……違う。本当に歩いているのか!?」

『見える』のではない。実際に動いているのだ。その木々はゆっくりと地面から根を引き抜き、一歩ずつ、一歩ずつではあるが着実に移動している。

「これが『歩き樹木』なのか……初めて見たな」

本で読んだことがあるし、知識としては知っていた。

だが……木が実際に歩いている光景を目にすると驚かされてしまう。

「すごいな……これは本当に植物なのか？」

レンカがゆっくりと歩いている樹木を見つめ、唖然とした様子でつぶやいた。

ロータスが一度立ち止まり、振り返って解説をする。

「『歩き樹木』は植物ですけど、魔境のマナを吸って育った魔物でもありましゅ。この植物の花粉には視界をぼやけさせ、意識を酩酊させる効果もあるので気をつけてくだしゃい」

「花粉か……どうりで目が霞むと思ったら、これの仕業かよ」

カイムが舌打ちをして目を擦った。『毒の王』であるカイムには毒は効かないはずなのだが、花粉のせいで視界が悪くなるのはどうしようもない。

「……さすがは魔境ですね。命綱がなかったら別の方向に歩いていたかもしれません」

「がう、はぐれたら合流できる気がしませんわ。花粉のせいで獣人の鼻も鈍ってますの」

ミリーシア、ティーも花粉に顔をしかめている。

背後を振り向いてみると、『歩き樹木』のせいで先ほどとはまるで別の風景になっていた。もはや来た道を引き返すことすら至難である。

「ロータス、お前はどうやって方角を判別しているんだ?」

「あうっ……えっと、その……勘、でしゅ」

「勘？　勘だって⁉」

「そ、そうでしゅっ！　お、怒らないでくだしゃいっ！」

ロータスがロップイヤーの耳をピクピクと震わせた。

「いや、別に怒ってはないが……勘だけで、この森を抜けることができるのか？」

「は、はひっ、私はおじいちゃんに連れられて、この森に来ていましたからっ！　な、なんとなく、どっちがどっちなのかわかるのでしゅ……」

「……理屈ではなく、経験というわけか。真似できる気がしないな」

一部の魚は川から海に旅立ち、世界中を巡った後に生まれた川に戻ってくるという。

道標はなく、方位磁石など持っていなくとも、思考や記憶を超越した本能が進むべき道を理解しているのだ。

（コイツも同じということか……人でありながら、魔境の生き物なんだな）

「花粉もそうでしゅけど、この先には強い魔物もいまひゅ。私一人だったら隠れたら良いのですけど、この人数では……」

「それは問題ない。戦いに関しては任せてくれ」

カイムは断言する。道に迷いさえしなければ魔物はどうとでもできる自信があった。

しかし、カイムの実力を知らないロータスはわずかに疑わしそうな顔をする。

「……シャロンさん、ギルドマスターも戦闘の心配はいらないと言っていましたけど、本当に大丈夫でしゅか？」

「ああ、迷わないように案内さえしてくれたら良いんだ。道案内さえしてもらえたら、魔物はこっちで対処するから……」

「グオオオオオオオオオオオオッ！」

「お、さっそく見せ場がやってきたようだな」

魔物の雄叫びがこだました。さっそく、実力を証明する機会がやってきたようだ。

絶叫を上げながら木々を飛び移り、巨体の魔物が目の前に着地してくる。

「ふひゃあっ！」

ロータスがすぐさま最後尾にいたティーの背後に回り込む。恐るべき逃げ足だった。

カイム達の目の前に現れたのは黒い体毛を身にまとった大猿である。

三メートルはあろう巨体。何故か頭部は二つあり、腕も四本あった。

「『ツイン・コング』でしゅっ……凄い怪力だから、まともに戦ったらダメです……！」

「そうかよ、了解した」

「あっ……」

適当に手を振り、カイムが前に進み出た。

双頭四腕の大猿がギロリと瞳をカイムに向けて、勢いよく飛びかかってくる。

「ゴアアアアアアアアアアアアッ！」

四本の太い腕が車輪のように回転して、無数の乱打をカイムの身体に浴びせかけた。

「ああっ！」

ツイン・コングの咆哮が森に轟く。惨劇を前にして、ロータスが両手で顔を覆った。

巨大なゴリラの打撃をあんなに喰らえば、人間の身体などすぐに肉塊になってしまう。

「がう、大丈夫ですわ。良く見てくださいな」

「ふえ……？」

ティーが優しく言って、ロータスが恐る恐る目を隠していた両手をどける。

そこには無数の乱打を浴びせられながら、平然と立っているカイムの姿があった。

「なるほど、パワーはそこそこ。四本腕の不規則な攻撃は予測しづらいし、それなりに厄介。戦闘力は『子爵級』というところか」

冷静に相手を分析しながら、カイムが圧縮魔力を集中させた両腕で攻撃を捌いている。

闘鬼神流・基本の型――【玄武】

防御に特化した技の応用。集中させた圧縮魔力によってカイムの腕は鋼鉄以上の硬度となっている。腕に魔力を集中させているため、他の部位を攻撃されたら大ダメージは免れないが……もちろん、そんな愚を犯しはしない。

「攻撃を防御しながら敵の動きを観察。そして、浴びせられる攻撃の間隙を縫うようにして……穿っ！」

カイムは静かな眼差しで相手の攻撃を観察し、そのリズムとパターンを見極める。そして、四本の腕から繰り出される打撃の隙間を通すようにしてカウンターの一撃を放った。

「【蛇】！」

防御に特化した技である【玄武】。そこから繋げられるカウンター技、それが【蛇】。

ひたすら防御に徹しながら相手の動きを見極めて、生じた隙を縫って起死回生の一撃を放つ技である。

綱渡りじみた攻防の中で繰り出された手刀、そこから蛇のように伸びた圧縮魔力がツイン・コングの首に突き刺さった。

「ゴアッ⁉」

あらゆる生物にとっての急所である首に鋭い一撃を受けて、ツイン・コングが巨体をのけぞらせた。首からブシュリと鮮血が噴き出して、周囲の枝葉を赤く染める。

「ゴオオオオオオオオオオッ……！」

それでも、ツイン・コングの眼光に衰えはない。身体が大きな分だけ生命力も強いのだろう。カウンター攻撃を受けてもなお、カイムに向けて激しい敵意を放っている。

「やる気満々のところを悪いが……もう終わっている」

「ゴアッ⁉」

カイムが冷たくつぶやいた。

同時にツイン・コングの巨体が揺らぎ、酔っ払いのようにふらついて膝をつく。

「俺の魔力を受けてタダで済むと思うなよ。蛇の猛毒からは逃れられない」

「ゴ、ア……」

ツイン・コングの二つの口から同時に血が吐き出される。瞳が真っ赤に充血して、まるで眼球が破裂したかのように血の涙が流れた。巨体がズシリと音を立てて地面に沈み、そのまま動かなくなった。

「それなりに強かった。さすがは魔境の魔物というところか」

「すごい、でしゅ……本当に勝っちゃったです……」

後方で戦いを見守っていたロータスが呆然とつぶやく。

ロータスにしてみれば理解を超えた光景だろう。巨大な大猿の打撃を雨のように浴びて、さらにカウンターの一撃で相手を倒してしまう人間がいるなんて。

「御覧の通り。戦闘に関しては俺達が請け負うから問題はない。お前はあくまでも案内に専念してくれ。魔物は倒せても、迷って行き倒れになったら敵わないからな」

「わ、わかりましちゃ……」

ロータスは呆然としながらも、相変わらずの噛み噛み口調で返事をしたのだった。

○　○　○

それからも何度か魔物の襲撃を受けることになった。

しかし、カイムにとって強敵と呼べるほどの魔物は出現しない。カイムは時に自分で対処し、時にレンカやティーに任せて戦わせ、危ない場面もなく魔物を突破していく。

軽い怪我をしてしまう場面もあったが……幸いにして、神官の心得があるミリーシアがいる。すぐに手当てをしてくれて大事に至ることはなかった。

カイムらは順調に森を進んでいき、一日目の日の夕暮れを迎えたのである。

「今日はここで野営か……」

「よ、夜になったらテントから出ないように気をつけてくだしゃいっ」

全員が横になって眠れるサイズのテントの中で、ロータスが魔境での夜明かしについて注意点を説明する。

「このテントは祖父から受け継いだ特別製でしゅ。表面に『ジャイアントカメレオン』という魔物の皮を貼っているので、ジッとしていればまず魔物に見つかることはありません。強力な魔物避けも周囲に撒いているので、このテントの中は安全地帯になってましゅ」

ロータスがロップイヤーを揺らして、「ただし……」と付け加える。

「あくまでも安全なのはテントの中だけでしゅ。一歩でも外に出たら魔物に襲われる可能性がありますから、絶対に出たらダメです！　トイレもそこに置いてある壺にしてくだしゃいね！」

「まあ、仕方がない……みんなもいいよな？」

「もちろんです。わざわざ危地に飛び込みはしません」

カイムが問うと、ミリーシアが代表して答えた。

やめろと言われてあえて愚行に走るほど、カイムも仲間達もひねくれてはいない。

「それは良いですけど……いい加減にお腹も減ってきましたの。ペコペコですわ」

「私もだ……今日は外を歩きっぱなしだったからな」

ティーとレンカが空腹を訴える。カイムだってもちろん腹ペコだったし、口に出さないだけでミリーシアとロータスもそうだろう。

「そうだな……何か食べたいところだが、外に出られないのなら火起こしもできないな」

「魔力を吸った焚き火が暴発することもあるので、魔境では昼間であっても焚き火はできません。今夜は保存食で我慢してくだしゃい」

「暴発……そういうこともあるのか。恐るべし魔境だな」

ロータスの補足を受けて、カイムは呆れ混じりに肩を落とす。

自然界に存在する魔力……『マナ』とも『魔素』呼ばれているそれは動植物に影響をもたらして魔物化させるが、炎や水のような自然物にも様々な影響を与えるのだ。

魔力を燃料とした火が勢いを増して燃え広がることがあるため、マナの濃い魔境では迂闊に火を起こすことすらできないのである。

「それでは、今日の夕飯はこれだな」

レンカが率先して保存食を全員に配った。カイムは目の前の味気ない食事を前に、苦笑しながら肩をすくめる。

(質素な飯だが……故郷で村人にカビの生えたパンやら野菜やらを押しつけられていた頃と比べるとずっとマシだな)

「乾パンと干し肉。たまにはこういうのも良いよな」

「ああ、騎士団でも遠征中はよくあった。問題はない」

カイムとレンカが率先して保存食をかじり、他の面々も食事を始めていく。

食事を食べ終わったら、特にやることもないのですぐに就寝する。カイム、ティー、ミリーシア、レンカ、ロータス……五人が並んで横になる。

魔境での夜明かしということでいつも以上に緊張しての就寝となったが……それでも、やはり疲れていたのだろう。すぐに五人は眠りに落ちていった。

「スー、スー……」

「クカー……」

「あん……」

しかし……それは真夜中に起こった。

明かりが落とされて暗闇に落ちたテントの中、寝息に交じりくぐもった喘ぎ声が生じる。

「ふっ……あ……はあ……やん……」

「クカー……クー……」

「あぁん……ダメですの、カイム様ぁ……」

「…………んあ？」

鼻にかかったような声が耳に入り、カイムがぼんやりとした様子で目を開いた。

目を覚ましたばかりの脳はいまだ霧がかったように曖昧模糊としており、まともに思考が働かない。

それでも、両手に触れている柔らかな感触は感じられる。心地の好い感触だ。芳醇に実った果実をもぎ取っているような充実感。

しっとりと濡れたその膨らみにカイムは指をめり込ませる。柔らかいのに弾力がある果実がプルプルと指を押し戻してきて、いくら揉んでも飽きることがない。

「ふあ、カイム様ぁ……そんなに強くしたらダメですの……」

「…………あ、何だ？」

たっぷりと両手に掴んだ膨らみを弄んでから、ようやくカイムの意識が覚醒する。

眼前にあるのは銀色のフワリとした塊。無数の糸が並んだそれからは汗の匂いの混じった石鹸の爽やかな香りがした。

「……髪の毛？」

カイムはそれの正体に気がついた。銀色の髪を生やしたそれは誰かの頭。その髪色の人間にカイムは一人だけ心当たりがある。

「ティー……？」

「はいですわ。カイム様……クウンッ！」

思わず指に力を込めてしまい、柔らかな丘の上に屹立した硬い突起を摘まんでしまった。

そして、今さらのようにカイムは気がついた。自分が両手で掴んでムニムニと弄んでいる物が、はだけたメイド服からこぼれ出たティーの胸であることを。

カイムはテントの中に寝転んだ姿勢のままティーの背中に抱き着き、両手で乳房を揉んでいたのである。

「おまっ……何をしてやがるっ！」

カイムが声を抑えて叫ぶ。自分が置かれている状況がわからない。どうして、自分が獣人メイドの乳肉を掴んでいるというのだろう。

「何をって……カイム様の方から揉んできたのですわ」

「お、俺の方から……？」

そんな馬鹿な……と思いながらも、頭の隅で「もしかして……」と疑念が生じる。

ここ最近、カイムは連日連夜、一緒に旅をしている三人の美姫と身体を重ねていた。

もはや三人の身体をまさぐって愛撫するのは日常の一部である。いつもの癖で、眠りながらも隣で眠っていたティーに抱き着いてしまったのかもしれない。

「わ、悪かったな。どうやら寝ぼけていたようだ……許してくれ」

「構いませんわ。それよりも……続きがして欲しいですの」

「続きって……おいおい、ここは魔境だぞ？」

世界有数の危険地帯である魔窟の中で、安全なテントの中とはいえ男女で乳繰り合うわけにはいかない。どんだけ不謹慎なんだと叱られてしまう。

「でも……こんなにされてしまったら、もう身体がうずいて眠れませんの。明日に響いてしまいますわ……」

「い、いや……そんなことを言われてもだな……」

「そもそも、始めたのはカイム様ですわ。責任を取って欲しいですの」

「ウッ……！」

ティーが桃のような尻を左右に動かし、密着したカイムの股間を刺激してくる。

離れようにも狭いテントの中。逃げ場もなく、下半身がどんどん元気になってしまう。

「大丈夫。他の皆様は寝ていますわ。疲れているでしょうし、少し声を出したくらいで目覚めませんの」

テントの中からは均等な寝息が上がっている。ティーが言っているように、ミリーシア達はちょっとやそっとで起きることはないだろう。

「……少しだけだぞ」

「ひゃんっ！」

カイムは観念して両手を動かした。やると決めたからには躊躇いはしない。

さっさと絶頂させてしまおうと両手の指を躍動させる。まるで熟練のピアニストのように十本の指を駆使して、ティーの乳房を責めていく。

「カイム様……そんなにされたら、声が出てしまいますの……」

「お前がやれと言ったんだろうが。我慢しろ。他の奴らが起きたら『お預け』だぞ」

「そんなぁ……んああんッ！」

ティーが自分の指を噛んで、どうにか声が漏れるのを防ごうとする。

「ンクッ……フウ、フウ……ん、あっ……あふあ……！」

柔らかな乳肉を握りしめてグニュグニュと形を変えさせ、先端の突起を二本の指で摘まんで擦り合わせる。二つの球体を左右対称に動かしたりすることもあれば、あえて左右別々に刺激を与えて責めたりもする。

カイムの指の動きに合わせて変幻自在に形を変える乳房は最高の玩具であり、いくら弄っていても少しも飽きさせることはなかった。

「ンンッ……ガウ、ガウウウウウ……」

ティーが声を抑えたまま、一際切なそうに鳴いた。

半裸の身体がビクンビクンと小刻みに跳ねて……やがてクッタリと脱力する。

どうやら、絶頂ったようだ。カイムはやり遂げた気持ちになって手を離し、捕まえていた乳房を解放した。

「気は済んだようだな。それじゃあ、そろそろ休んで……」

「ハア、ハア……ティーは良いですけど、カイム様がまだ満足していませんわ」

「ウッ……！」

絶頂の余韻に浸りながらも、ティーが手を伸ばして自分の尻の後ろにあるカイムの『剣』を掴んだ。二つの膨らみで遊んでいたせいですっかりと大きく、逞しくなってしまった『剣』を愛おしそうに撫でて、ティーが艶然と言い放つ。

「ティーのここを好きに使ってくれて良いですから、どうぞ鎮めてくださいですの。遠慮はいりませんわ」

ティーがメイド服のスカートを捲り上げ、赤い下着に包まれた尻を露出させる。ホカホカと熱く火照ったそこにカイムの『剣』を誘導した。

「ム……」

堪えがたい欲求にカイムはしばし葛藤していたが……やがて押し寄せる劣情の嵐に抗うのを諦めて、『剣』の切っ先を熱く湧いた泉にあてがうのであった。

第四章　魔狼王と狼幼女

翌日、翌々日も同じような一日が続いた。

ロータスの案内で森を進んでいき、魔物が出たらカイムらが対処する。それの繰り返しである。

「そ……それでは、これから『深層』に入りましゅっ！」

そして、『リュカオンの森』で過ごす四日目の朝。ロータスが緊張に満ちた噛み噛み口調で宣言をした。

三日間の旅路によって森の中層を踏破して、いよいよ森の深部に足を踏み入れることになったのだ。中層よりもさらに危険度は跳ね上がるが……ここを抜けなければ帝都にはたどり着けない。

森の深層の景色は中層とはさらに様変わりしている。木々の大きさが倍以上にも高くなっており、おまけに幹や枝は金色。葉は銀色に輝いていた。濃厚過ぎる魔力によって、植物が突然変異を起こしているのだ。

「ようやく『深層』に到着したか……ロータスの方から、何か注意事項はあるか？」

「ありましぇん。なにも」

カイムが問うと、意外な答えが返ってきた。

「ないって……命綱は？　人を迷わせる動植物はいないのか？」

レンカが怪訝そうに訊ねると、ロータスがプルプルと首を振った。

「中層は魔物との騙し合い、厳しい自然との戦いでした……だけど、深層はとにかく強い魔物との戦いでしゅ」

ロータスが言うには……魔境の深層部分にはとにかく強い魔物が生息しており、弱い魔物は生息することができない。『歩き樹木』なども存在しないとのこと。

「森の主……『リュカオン』という魔狼もここにいるでしゅ。深層を抜けるために必要なのは圧倒的な強さか、強者の目から逃れる潜伏能力でしゅ……」

ロータスだけならば、潜伏能力でリュカオンをはじめとした魔物をやり過ごすことができるのだろう。今回はカイムらが同行しているために隠れることができず、魔物と戦って強引に押し通らなくてはいけなくなっていた。

ロータスは怯えた様子で小刻みに震えている。その姿は捕食者を前にしたウサギそのものである。

「怖い思いをさせてごめんなさい……だけど、私達はどうしても帝都に行かなくてはいけないんです……」

「君のことは私達が守ってみせる。だから、このまま案内をして欲しい」

ミリーシアとレンカが労るように言うと、ロータスが震えながらも頷いてくれた。

どうやら、この数日で多少なりとも信頼関係ができたようである。顔色は悪いが足取りに迷いはない。

「心配せずとも、お前に怪我をさせるつもりはない。魔物が出てきたら、これまで通り……」

『シャアアアアアアアアアアアッ！』

「俺が殺る」

地面から飛び出してきたのは巨大なミミズの化け物。

人間を丸呑みできそうなほど巨大な口を開いて襲いかかってくるが……その長い身体が一瞬で輪切りにされた。

闘鬼神流・基本の型――【青龍】

カイムが圧縮した魔力を刃に変えて振るい、ミミズの化け物をズタズタに斬り裂いたのである。

「『タイラント・ワーム』……深層の魔物を一瞬で倒しちゃったでしゅ……」

「ああ……コイツが深層の魔物なんだな。それなりに強いとは思うが、この程度なら対処できそうだ」

カイムは特に勝ち誇るでもなく、当然のように頷いた。

実際、そこまで強いとは感じなかった。ただ大きいだけである。

「その大きさが厄介なんでしゅけど……」

「あー……カイム様だから、しょうがないですの」

「カイムさんですからねえ……」

「私達ならば普通に苦戦していた……気にしない方が良い」

立ち尽くしているロータスに、他の三人が慰めるように声をかける。

カイムの無茶苦茶な強さにはもはや慣れっこだった。今さら驚いていてはキリがない。

「カイムさんがいれば大丈夫です。大船に乗ったつもりで行きましょう」

「……わかりました。でしゅ」

ミリーシアに背中を押されて、ロータスが前に進み出る。

こうして、カイム達は森の深部へと足を踏み出した。

ここを越えれば帝都まではあと少し。ミリーシアを帝都に送り届ける旅にも終わりが見えてきた。

だが……カイム達はすぐに知ることになる。自分達の旅が順風満帆に終わるわけがないということに。

これまで幾度となく道中でトラブルに巻き込まれていたように、この森も一筋縄で終わってはくれないのだった。

森の深層に足を踏み入れてから数時間後。

カイムらは森の主である大いなる魔物――『リュカオン』と遭遇することになった。

「…………！」

背筋を刺す鋭い戦慄。その瞬間がやってきたことはすぐに理解できた。

最初にそれの存在の出現に気がついたのはカイムである。優れた五感を有する獣人のティーやロータスよりも先に、『それ』が接近していることを察知した。

「下がれ！　俺の後ろに！」

「ひゃうっ⁉」

強者のみが持ちうる直感のようなものが働いたのだろうか。カイムは誰よりも先にその存在に気がついて行動を起こす。

前を歩いていたロータスの背嚢を掴んで、力任せに後ろに放り投げた。

「がうっ⁉　カイム様⁉」

「来るな！　全員、下がれ！」

ロータスを受け止めたティーが驚いて声を上げるが、カイムは振り返らない。

この存在を前にして視線を背けるなどという愚を、どうして犯すことができるだろうか。

「なっ……⁉」

「ふえっ……？」

直後、それは目の前に現れた。音も匂いも前兆は何もなかった。

悠然とした王者の風格を漂わせ、地面に落ちている木の枝の一本すら折ることなく、枝葉を震わせることもなく眼前に君臨する。

「リュカオン⁉　それも『長』が出てくるなんちぇっ⁉」

ティーに支えられたロータスが泡を食ったように叫ぶ。

圧倒的な存在感を放って出現したのは体長四メートルほどの狼である。

白い体毛。赤い瞳。丸太のように太い手足で地面を踏みしめる姿はどこまでも雄大であり、恐ろしい外見でありながら、どこか神々しさすらある。

そして……逆立つ太い体毛の一本一本から強烈な威圧感を放っており、圧倒的強者たる存在のオーラを全身に纏わせていた。

森の主――『リュカオン』

強力な動植物が日夜、生存競争を繰り広げている魔境。その生態系の頂点に君臨している魔狼王の顕現である。

「リュカオンは『侯爵級』の魔物と聞いていたが……話が違うな」

目の前に現れた巨狼から意識を外すことなく、カイムがそっとつぶやいた。

『侯爵級』は複数の冒険者パーティーが共同して立ち向かい、ようやく討伐することができる魔物である。だが……目の前にいる怪物はそんなレベルを優に超えていた。

数百、数千の騎士や兵士が立ち向かっても倒せそうにないほどの強者のオーラを感じる。

「「「…………」」」

実際、ティーやレンカ、ミリーシアは言葉を失って立ちすくんでいる。

声を発したら狙われるかもしれないという賢しさからではなく、圧倒的な威圧感に呑み込まれて言葉を失っているのだ。

それでも……唯一、この森に精通した案内人であるロータスだけがどうにか震えた声を絞り出す。

「そ、それはリュカオンを束ねている群れの長でしゅっ！　他のリュカオンよりもずっと

ずうっっと強いでひゅっ！」

「群れの長……なるほどな、道理でおっかない面をしていると思ったぜ」

カイムは得心した様子で頷いた。

リュカオンというのは、この魔境に生息している狼種の魔物を指している。

正確な生息数は明らかになっていないが、五十から百頭ほどが生息しているのではないかと事前にロータスから聞いていた。

広大な森の面積を考えるとかなり少ないのだが……リュカオン一頭一頭が『侯爵級』の力を持っているとなれば多過ぎるくらいだ。

「この狼はリュカオンの群れの長……強さは『公爵級』というところか」

かつてない強敵の登場にカイムの背中にも汗がにじむ。

『公爵級』は一軍の騎士団が討伐隊として派遣されるレベルの魔物であり、『毒の女王』のような『魔王級』に次ぐ強さである。

カイムは『女王』の力を継いではいるものの……実戦経験の浅さから、その力を万全に使いこなせているとはいえない。目の前の巨狼は現在のカイムよりも明らかに格上の敵といえるだろう。

「グルルルル……」

「ん……？」

巨狼が唸り声を漏らす。

地の底から響いてくるような重低音だったが……ふと耳の奥に響いてくる声音があった。

『強き者よ。ここを通りたくば力を示しなさい』

「この声は……？」

まさか……目の前の狼が喋っているというのか。それが人間の言葉ではないはずなのに意味が理解できてしまうのは、どういう理屈だというのか。

「……急に現れて力を示せとは勝手な奴だ。ナワバリに入ったわけでもあるまいに」

ロータスは優秀な案内人だ。森を案内するにあたって、もちろんリュカオンのナワバリは避けてきたはず。

だからといって、目の前の巨狼の目に『飢え』はない。カイムらをエサとして狙ってきたわけでもなさそうだ。

「ナワバリを荒らしたわけでもなく、捕食しにきたわけでもない……つまり、俺達は理不尽な因縁を吹っかけられて喧嘩を売られているわけだ」

カイムは一歩、前に進み出た。喧嘩を売られているというのであれば是非もない。

積極的に戦いたい相手ではないのだが……戦わなければ、前に進めそうもなかった。

「闘ってやるよ。かかってこい！」

カイムの全身から膨大な魔力があふれ出た。溶岩の噴出のように噴き出した『毒』の魔力により、地面の草が枯れて土が腐食していく。

「きゃあっ！」

「に、逃げますよっ！」

同行している四人の女性が木々の陰に逃げていき、二匹の『怪物』は真っ向から対峙する。

『毒の王』と『魔狼王』……常識外れの怪物同士の喰い合いが始まった。

「オオオオオオオオオオオオオオオッ！」

カイムが全身から魔力を振り絞っていく。

この旅の道中、幾度か強敵と呼べる敵と戦ってきたが……これほどまでに力を発しなければならない敵は初めてだ。

遠慮はいらない。するつもりもない。カイムは最初からフルスロットルで魔力を放出し、目の前の難敵に立ち向かう。

「紫毒魔法――【喰らう毒竜】！」

カイムの身体から放たれた膨大な量の魔力が竜の形に変わる。液状化した毒の竜が魔狼王めがけて勢い良く放たれる。

「喰らえ！」

「ガルウッ！」

魔狼王が背後に跳ねて毒竜を回避する。猛毒が地面に喰らいつき、草木と土が溶かされてクレーターができた。

「逃がすかよ！　喰い殺せ！」

カイムは毒を操作して魔狼王を追撃した。

強酸の竜が木々を巻き込んでうねりながら、駆けまわる魔狼王を追いかける。魔狼王は四本足で飛ぶようにして木々の間を駆けていき、酸の大蛇をかすらせることすらしない。

「グルッ！」

それどころか、魔狼王が毒をかいくぐってカイムに攻撃を仕掛けてきた。丸太のような巨大な腕と湾曲したサーベルのような爪がカイムめがけて放たれる。

「クッ……！」

カイムは姿勢を低くして魔狼王の腕を躱す。まともに身体に受けていたら、圧縮魔力の防御を裂いて三枚に下ろされていたかもしれない。

「ガアアアアアアアアアアアアアアッ！」

「なっ……⁉」

回避からすぐさま攻撃に転じようとするカイムであったが、魔狼王の咆哮がその身に浴びせられた。爆音のような吠え声が衝撃波となってカイムを吹き飛ばし、そのまま後方の巨木へと叩きつけられる。

「グッ……遠距離攻撃ができるのはそっちも同じってことかよ。やってくれる……！」

「ガアアアアアアアアアアアアアアアッ！」

「二度も喰らうか！」

再び放たれた衝撃波を横に飛んで避ける。

地面を転がり、すぐさま体勢を立て直して毒の弾丸を放つ。

「【飛毒】！」

ライフルのように狙いすました毒の弾丸が、咆哮を放った直後で動きを止めていた魔狼王に命中する。白い体毛から焼け焦げたように白い煙が生じ、酸性の薬品臭が上がるが……効果は薄い。

魔狼王はギョロリと瞳を動かし、カイムを睨みつけてきた。

「鋼鉄を溶かす強酸を喰らってそのダメージかよ……凄まじい硬さの体毛だな」

おまけにスピードとパワーまで兼ね備えているのだから、まるで隙が見当たらない。

「ガルウッ！」

「ムンッ！」

再び接近して魔狼王が腕を振るってくる。

だが……今度は避けない。

カイムは圧縮した魔力を腕に纏わせ、斬撃に変えて迎え撃つ。

「闘鬼神流・基本の型――【青龍】！」

刃に変えた圧縮魔力が魔狼王の爪と衝突した。

カイムの腕に宿った魔力の刃が魔狼王を斬り裂こうとする。同じように、魔狼王の腕に生えた爪がカイムを引き裂こうとしている。

魔力の刃と狼の爪。必殺の一撃が正面からぶつかり合い、互いに削り合って火花を散らす。

「グッ……！」

「ガウッ！」

衝突の結果は……相討ち。

必殺の一撃がお互いに相手を弾き飛ばした。

カイムが腕から血を流して吹き飛ばされ、地面を転がる。魔狼王もまた同じように反対側の地面を転がっていた。

「痛ッ……！」

腕に走る鋭い痛み。カイムが身体を起こして、奥歯を噛みしめる。

見れば、カイムの腕が爪で斬られて血が流れていた。傷は骨にまで達するほど深い。常人であれば致命傷になったことだろう。

「威力は互角………じゃないよな」

悔しそうに呻きながら、少し離れた場所で転がっている魔狼王を睨みつける。

互角のぶつかり合いによる相討ち。一見するとそう見えた攻防であったが……ダメージの差は歴然である。カイムが腕を裂かれて血を流しているのに対して、魔狼王は爪が一本欠けただけで目立った傷はない。

「グルルル……」

案の定、すぐに起き上がってこちらに唸り声を上げてくる。

「これは不味いな……本気で強いじゃないか」

カイムは表情を歪めながら、傷ついた腕を撫でて魔力を流し込む。

魔力による治癒力の強化。闘鬼神流のそれは一般的な戦士が使うそれとは次元が違うが、これほどのダメージをすぐに完治することはできない。

（こっちは片腕が使い物にならない。そして、相手はほぼノーダメージ。参ったな……親

父以上の強敵じゃないか）

　圧倒的な力で勝利を収め続けてきたカイムでさえ、目の前に悠然と君臨している魔狼王を倒せるビジョンが浮かんでこない。

『毒の王』になって初めて感じる本気の命の危機。背筋にジットリと冷や汗が滲んでくる。

「今の俺では勝てない。そうなると……限界よりもその先、さらにレベルを上げる必要がありそうだな」

　死神が背後に立ち、刃を首筋に当てているのを感じる。命が引き裂かれんとする感覚に、カイムは精神が研ぎ澄まされて時間が圧縮されるのを感じていた。

　死の恐怖よりも先に予感がある。この敵を倒せば、自分はさらに強くなることができるという予感が。

　そして……自分ならば必ず、そこにたどり着くことができるという確信がある。

「フー……」

　カイムは極限まで感覚を鋭敏に尖らせ、魔力を練りに練った。

　先ほどのように無駄にタレ流しにしたりはしない。膨大な魔力を一滴すらも逃すことなく、圧縮魔力として再構築する。

「グルルル……」

魔狼王は力を練っているカイムに追撃することはせず、間合いを取って様子を窺っていた。試されているのか、それとも舐められているのか……どちらにしても、カイムにとっては好都合である。

（そのまま余裕ぶってろよ……すぐに追いついてやる）

人は死の間際、脳が活性化して一瞬のうちに数十年の人生を追体験するという。

カイムもまた、かつてないほど間近に迫っている『死』を前にして、それに近い領域に至っていた。

魔力を練り上げながら、脳内で無数の模擬実戦を繰り返す。

何十回、何百回と敗北を繰り返しながら、彼岸ほどにも離れた実力差を一歩ずつ埋めていく。

カイムはポテンシャルが高い割に、自分よりも強い相手と戦った経験が極端に少ない。

明らかな格上の敵など、父親であるケヴィン・ハルスベルクくらいのものだろう。

自分よりも弱い相手と戦って得られる経験などない。戦士を成長させるのは強敵との戦い。命を削り合う死闘だけである。

カイムは闘鬼神流という東方無双の古武術を、父と双子の妹の鍛錬を盗み見するだけで修得した。その圧倒的な武術の才能……巨大なダイヤモンドの原石がかつてない命の危機によって高速で研磨され、形作られていく。

「オーケー。準備完了だ」

圧縮された時間の中で魔狼王と延々戦うことにより、カイムは目の前の敵を屠る手段を構築した。カイムの全身を極限まで練りこまれた圧縮魔力が包み込む。

「闘鬼神流・秘奥の型――【蚩尤】！」

それはかつて、父親がカイムを殺すためにと使用した奥義。

たった一度、目にしただけの闘鬼神流の秘技が一人の天才の手によって再現される。

「グルッ⁉」

つい先ほどまで様子を窺っていただけの魔狼王が、大きく跳躍してカイムと距離を取る。

攻撃を受けたわけではない。魔法の発動を感じ取ったわけでもない。ただ……カイムの身体から放たれている威圧感が、明らかに性質を変えていることに気がついたのだ。

「野生の勘か……さすがだな」

警戒する魔狼王に称賛を贈りながら……カイムは自分の身体の状態を確認する。

闘鬼神流・秘奥の型――【蚩尤】

それは闘鬼神流に八つ存在する秘技の一つであり、人間の魔力の源泉であるチャクラを全解放することで限界を超えた魔力を放出する技である。

通常、人間は八つのチャクラのうち一つしか解放することはできない。達人と呼ばれる戦士や魔法使いであっても、三つか四つがせいぜいだ。

それを同時に八つも解き放つとは、離れ業を飛び越して自殺行為。全身の魔力を使い切り、衰弱死しかねない荒業だった。

カイムの父親であるケヴィンも【蚩尤】の発動時間を五分に限っており、それ以上の時間使い続ければ魔力を絞り切って干物になってしまうだろう。

「俺の魔力でもせいぜい十分が限界というところか……扱いづらい技だな」

ともあれ……カイムは掴んだ。最強の武術である闘鬼神流の神髄の一端を。

「秘奥の型は全部で八つ。これで一つ修得できたとして……残りは七つか」

残りの七つがどんな技であるかすら、カイムは知らない。

こんなことならば、父親を締め上げて聞き出しておけば良かったと少しだけ後悔した。

「まあ、いいさ。いずれ全てをものにしてやろう。そのためにも……」

「グルルルルッ……」

「眼前の敵を倒さなくちゃいけないな！　決着をつけようか？」

カイムは軽く肩を回しながら、唸り声を上げている魔狼王を睨みつけた。

戦いの準備は整った。後は決着をつけるだけである。

「お前との出会いに感謝しよう。おかげで、俺はまた強くなることができる……！」

カイムが地面を蹴り、魔狼王に向かって跳躍した。

もう小細工はしない。正面から巨大な狼の顔面を殴りつける。

「ギャンッ！」

横面を殴られて、魔狼王が初めて苦悶の声を漏らす。

「フンッ！」

そのまま魔狼王の体毛を掴み、力任せに投げ飛ばす。

カイムの何倍もの大きさがある魔狼王が、抵抗もできずに宙を舞った。

「ガアアアアアアアアアアアアアアッ！」

それでも、さすがは魔境の主である。

宙を回転しながら、咆哮の衝撃波をカイムに向けて放ってきた。

「破アアアアアアアアアアアアアアアッ！」

しかし、カイムもまた腹の底から声を発して衝撃波を相殺した。

音や声を操るなどという能力はカイムにはない。ただ腹に力を入れて思いっきり声を出して、その怒声だけで強引に咆哮を打ち消しただけである。

「ただ怒鳴っただけでそれが攻撃になる……これが【蚩尤】！」

どんどん湧き出してくる力に興奮しながら、カイムは飛んでいく魔狼王に向けて距離を詰めた。地面に着地すると同時に、魔狼王が接近してくるカイムを爪で迎え撃つ。

「フンッ！」

日本刀のように鋭い爪が襲いかかってくるが、カイムはそれを裏拳で叩き割る。

そして、無防備になった魔狼王の胴体にボディブローを喰らわせた。

「ギャウッ！」

「かーらーのー……ウラアッ！」

ボディへの打撃で怯んだ魔狼王に、今度は渾身の蹴りを浴びせかける。

魔狼王の巨体がボールのように跳ねながら地面を転がり、大木の幹に衝突した。

ただ殴る。ただ蹴る。【蚩尤】を発動させるとあらゆる身体能力が向上し、殴る蹴るだけの行動が必殺の一撃へと変化する。

その代わり、【青龍】や【麒麟】のような他の技を発動させることはできない。チャクラ解放による膨大な魔力を維持するのが精いっぱいで、それ以外の技が使えないのだ。

（未熟極まりないが……それでいい。今はそれで十分だ……！）

まるで竜を呑み込んだように力が湧いてくる。

灼熱のマグマのように噴き出すエネルギーを打撃に変えて、叩く、叩く、叩く。

（もっとだ！　もっともっと強く……！）

カイムは限界を超えて強化された肉体で魔狼王を殴りながら……心の中で吼える。

もっと強く。もっと速く。どこまでも……限界を超えたその先まで、ひたすらに打つ！

「アアアアアアアアアアアアアアアアアアアッ!!」

「ガ……ウ……」

そうしているうちに、いつの間にか魔狼王は動かなくなっていた。地面に倒れ伏し、そのまま力なく鳴いている。

カイムは戦闘が終了していることに気がついて、魔狼王を殴打する手足を止めた。

「終わった……」

終わった。勝った。

戦闘は終了している。【蚩尤】の発動から十分と経たない間の出来事だった。

あっさりと終わり過ぎて拍子抜けすらしている。出来ることなら、もっと戦いたかった
……そんな思いすら胸にあった。

「ム……」

【蚩尤】を解除すると、身体を包んでいた万能感が消えていく。

代わりにやってくるのは、やり遂げた満足感を孕んだ虚脱感である。フルマラソン……

あるいは激しいセックスを終えた直後のような感覚だ。

「か、カイムさん？」

「終わったですの……？」

戦いが終わったのを見計らい、避難していた仲間達が戻ってくる。

ミリーシアとレンカが木の陰からカイムの方を覗き込み、倒れている魔狼王の姿に安堵の息をつく。背後にはロータスを抱きしめたティーの姿もある。

「カイム様、大丈夫ですの？」

「ああ、かなりギリギリだった。一歩間違えれば死んでいただろうな」

最終的には完勝だったが……殺されたとしてもおかしくはない戦いだった。

実際、カイムが脳内で繰り広げたシミュレーションでは千回以上は殺されている。

「ど、どうしちぇ、狼の王様が……」

「ん……？」

「王様は、人をむやみに襲わないはず……だって、賢くて争いが好きじゃにゃいから……」

ティーに抱き着かれたロータスが震える声で言っている。

「食べるためじゃなくて、ナワバリを荒らされたわけじゃなくて……それで人を襲うだなんて、ありえないでしゅ……」

「ありえないねえ……まあ、確かに最初から妙だったよな」

カイムは目を細めて、地に臥している魔狼王を見やる。

襲ってきたときに口にしていた『力を示せ』という言葉の真意もわからないし、戦闘中も殺気らしいものは感じられなかった。

魔狼王はカイムを殺そうとしていたというよりも、本当に実力を試していたのではないだろうか。

「コイツはおそらく手加減をしていた。全力で殺すつもりで襲われていたら、【蚩尤】を使ったとしても、簡単に勝利できなかったかもしれないな」

終わってみてわかる素直な感想である。

魔狼王は強い。あまりにも強かった。

今のカイムでは……あるいは、カイムの力の源泉である『毒の女王』でさえ、容易に勝利を収めることはできない難敵だった。

「お前の目的はなんだ？　何のために、俺達を襲ってきた？」

「…………グルル」

訊ねると……倒れていた魔狼王がゆっくりと起き上がる。

赤い瞳が向けられると、カイムの脳裏に人間の女性の声が響いてきた。

『強き者よ。感謝する……そして、あの子を任せた』

「あ?」

『願わくは共に生きよ。愛する子よ、人の子は人と共に在れ』

「おい、何の話を……」

「グウウウウウウウウウウウウウウッ!」

カイムが問うが……魔狼王はそれに答えることなく、こともあろうに自らの胸を爪で引き裂いた。真っ赤な血液が噴き出して地面を濡らす。赤黒いシミが広がっていき、むせ返るような生臭い臭いに辺りが包まれる。

「なっ……」

「自殺しましたわ⁉」

カイムはもちろん、その場にいた全員が息を呑む。

自らの胸を裂いた魔狼王は、さらに爪を奥へと突き刺していき……やがて身体の奥から赤い球体をえぐり出した。

「ま、魔石……」

ロータスがつぶやいた。

魔狼王が身体の中から取り出したのは魔物の魔力が凝縮した核……『魔石』と呼ばれる

ものだった。魔石はどんな魔物にも存在するものだが、弱い魔物、若い魔物のそれは小さくて体内から見つけ出すことも困難である。

しかし……魔狼王ほどの古き魔物の魔石は人間の頭部ほどの大きさがあり、色も深紅で濃厚な魔力が伝わってくる。

『うけとり、なさい……これは、たい……か……』

「おい！　勝手なことをぬかして死んでるんじゃない！　ちゃんと説明しやがれ！」

『…………』

カイムが叫ぶが……魔狼王はすでに息もなく返答はなかった。

カイムは苛立ちながら、大きく舌打ちをする。

「結局、何がしたいのかわからずじまいかよ。本当に何がしたかったんだ……？」

「カイムさん……」

ミリーシアが痛ましそうな表情でカイムに声をかける。

カイム自身、自分がどうしてこんな風に苛立っているのかわからない。

かつてない死闘に勝利したことへの爽快感は、強敵の自殺という思わぬ最期に吹き飛んでしまっていた。

一人、苛々としているカイムに仲間達もどうして良いのかわからず、困惑した様子になっている。

「ま、まあ、とにかく勝利したのだ。こんなところで立ち往生していても仕方がない。先に進もうではないか」

一同を代表して、レンカがカイムに声をかける。

「…………」

「その魔石はもらっていこう。魔境の主の魔石ともなれば、城が買えるほどの金額がつくかもしれないぞ」

「…………そうだな」

レンカの言葉に、カイムも大きく深呼吸をして頷いた。

ようやく倒した強敵が自殺するところを見せつけられて気が立っていたが……考えても見れば、魔狼王がどんな死に方をしたところでどうでも良いではないか。

「……先を急ごう。血の匂いを嗅ぎつけて、他の魔物が集まってくるかもしれない」

「そうですね……魔境の主が倒れたともなれば、この森の生態系が根本から崩れてしまうかもしれませんね」

ミリーシアの言葉に、ロータスがコクコクと頷く。

「お、狼の王様が倒れたら、次の主を巡って戦いが起こるでしゅ。早く逃げにゃいと巻き込まれて…………ふえ？」

不意に言葉を止めて、ロータスが振り返る。

すると……森の茂みがガサガサと揺れて、小さな影が飛び出てきた。

「ふあっ⁉」

「あ……？」

目の前に現れた『それ』の姿に、カイムが思わず眉をひそめる。

茂みから飛び出てきたのは小柄な少女……否、『幼女』といえるような年齢の娘だった。

「あー……うー……」

深碧の髪を伸ばしてボサボサにした幼女は、黄金色の虚ろな目でカイムを見つめて鳴く。

「えっと……女の子、ですよね？」

「どうして、こんな森の中に少女が……？」

突如として現れた幼女の姿を見て、ミリーシアとレンカが顔を合わせて首を傾げる。

年齢は十歳に満たないほどに見えた。足首に届くほどの長さの深碧色のボサボサ髪。服装はボロボロになった白のローブの上に獣の皮をまとっている。

野生児とでも呼ぶしかないような格好だ。かつて、森の小屋で一人暮らしをしていた頃のカイムでさえ、もっとマシな格好をしていた気がする。

「ん……」

幼女は裸足でトツトツと歩いてきて、倒れている魔狼王の死体を見上げた。

胸から血を流した魔狼王はすでに絶命している。幼女は黄金色の瞳を悲しげに揺らして、カイムの方に向き直った。

「ん……」

「…………おい」

幼女がカイムの傍らまで歩いてきて、右手を掴んでくる。ぼんやりとした眼差しで見上げてくる彼女が何を考えているのか全くわからなかった。

「カイム様！」

「ム……！」

そんな時、ティーが叫んだ。同時にカイムも周囲の異変に気がつく。

巨大な木々が生い茂った深い森の中からミシミシと枝を踏む音が鳴り、虎のように大きな狼が現れたのだ。

一匹ではない。数は十匹以上もいる。魔狼王よりもかなりサイズは小さいが……間違いない。リュカオンの仲間だろう。

「リュカオンの群れのようだが……敵意はないようだな」

リュカオンの群れはカイムらに構うことなく、倒れ伏した魔狼王に向かっていく。

そして……何を思ったか魔狼王の亡骸に喰らいつき、死肉を貪りはじめた。

「共食い、ですの……」

「何をしているのでしょう……」

ティーが眉をひそめ、ミリーシアも凄惨な光景に顔を青ざめさせている。

仲間の死体を食べているリュカオンの姿に一同は驚きを隠せないが、唯一、ロータスだけが訳知り顔で口を開く。

「……長の代替わりでしゅ。死んだ群れの長を食べて、力を取り込んでいるのでひゅ」

「力を取り込む……？」

「魔境の魔物は血も肉も強い力が宿っているです……それを取り込むことで若い個体が力を蓄え、他の生き物に力を奪われることを防いでいるのだと思いまひゅ……」

「なるほどな……」

老狼の亡骸を若い狼が喰らうことで、体内に蓄えている力を継承する。そうして、一族の力が弱体化しないようにしているのだ。

リュカオンは魔狼王の死体を骨も残さず食べ尽くし……カイムらの方へと視線を移す。

「…………？」

否、見られているのはカイムではない。くっついている深碧髪の幼女だ。リュカオンの赤い瞳に小さな幼女の顔が映し出される。

「クウッ」

「くうっ」

すると、その場にいたリュカオン達の鳴き声に幼女が答える。

リュカオン達は満足したように頷いて、森の中へと帰っていった。

「もしかして……この子のこと、任されたんじゃないですの？」

ティーが首を傾げながら、ふとした思いつきを口にする。

「知能の高い獣や魔物が、人の子供を拾って育てるという話を聞いたことがありますわ。もしかしたら……この子もそうやって、リュカオンに育てられたんじゃないですの？」

「そんな馬鹿な……魔物が人間を育てるだなんて……」

「私もおかしな話だとは思いますけど……獣人は人間と獣が心を通わせ、交わって生まれた存在だという伝承もありますわ。眉唾ですけれど」

「………」

ティーの言葉は信じがたいものだったが……特に否定する材料はない。

ミリーシアも同じように考えているのか、難しい表情で頷いた。

「ひょっとして……狼の長が魔石を引き抜いて私達に渡してきたのは、子供を任せる対価なのではないでしょうか？　貴重な魔石を渡すことと引き換えに、世話をしていた人間の子供を引き取って欲しいと……そう言っていたのではないでしょうか？」

「そういえば……最後にそれらしいことを言っていたな。『共に生きろ』だったか」

『願わくは共に生きよ。愛する子よ、人の子は人と共に在れ』

それは魔狼王が最後に残した遺言であった。意味の分からない発言であったが……あれはカイムらに対してではなく、この幼女に向けて放たれた言葉なのだ。

どういう経緯かはわからないが、狼に育てられた娘に『森を出て人として生きるように』と突き放したのである。

「…………」

深碧髪の幼女はカイムの手を握りしめたままである。

魔狼王の……母親の言いつけを守っているのか、カイムから離れようとしなかった。

「置いていくわけには……いかないよな。いくらなんでも」

魔石をもらっていなかったとしても、魔物が跳梁跋扈している魔境に幼女を放置していくわけにはいかない。

カイムは諦めたように肩を落として、幼女の手を握り返した。

「……いいだろう。連れて行ってやる。どこまでの付き合いになるかは知らんがな」

「……そうですね」

途方に暮れたような様子のカイムに、ミリーシアも困ったような微笑みを浮かべたのであった。

○　○　○

魔狼王との戦い。謎の幼女の加入という予想外の事態は起こったものの、カイムらの進むべき道は変わらない。『リュカオンの森』の深層をひたすらに進んでいく。

「闘鬼神流――【麒麟】！」

「オオオオオオオオオオオオオオオッ！」

三メートルほどの体長がある巨人を圧縮魔力の弾丸が撃ち抜いた。

ギガント・ピテクスという魔物の巨体が額を貫かれ、地面に倒れて動かなくなる。

魔狼王との激闘を制したカイムであったが、それからも深層の魔物に襲われ続けた。

見上げるほどの大きさの虎。数十本の触手を振りかざした人喰い植物。地面から突如として現れる巨大ミミズ。人間の頭部ほどの大きさの蠅の群れ。二つの首を有した猛毒の大蛇。

数えきれない戦いが襲いかかってくるが、森の主である魔狼王すら倒すことができたカイムにとっては苦戦するほどではない。

仲間を守りながら魔物を倒していき、深層を奥へ奥へと進んでいく。

「も、もうすぐ深層を越えられる……す、すごい速さでしゅ……」

戦いを終えて、腰を落ち着けながらの休憩中。ロータスが恐々とした口調で言った。

案内人として日常的に『リュカオンの森』に足を踏み入れているロータスであったが、彼女は危険を避け、隠れて遠回りしながら森を抜けている。

戦いを避けることなく直線で進んでいくカイムらは、本来の行程を半分近くまで減らして進むことができていた。

「こ、この調子なら今日中に深層を抜けられるでしゅ……森を抜けるのにも、何日もかからにゃいかと……」

「ん……」

噛み噛みの口調のロータスであったが、彼女はリュカオンから託された幼女――『リコス』と手をつないでいる。

年齢の近い者同士、あるいは森をホームグラウンドにしている者同士、シンパシーでも芽生えているのだろうか。やけに親しげである。

呼び名がないのでは不便だからと、名無しの狼幼女に『リコス』という仮初の名前を付けたのもロータスだった。古い言語で『狼』という意味らしい。

「無事に抜けられそうで何よりだ。帝都にも早めに到着できそうだな」

「はい……私もそろそろ、覚悟を決めなくてはいけませんね」

カイムの言葉にミリーシアが表情を引き締めた。

「私はアーサーお兄様と話をします。出来ることならば争いを止めたいですが……それが無理ならば、ランス兄様に味方したいと思っています」

「へえ、自分が王になろうという発想はないんだな？　意外とお似合いだと思うんだが？」

「冗談はよしてください、カイムさん。私のような若輩の小娘に皇帝は務まりませんよ」

ミリーシアが苦笑する。

二十年も生きていない娘が国の頂点に立とうなど、認めない人間の方が多いだろう。

認める人間がいるとすれば、ミリーシアを傀儡に仕立てて利用しようとする者である。

「俺はランスとやらのことは知らないが……ミリーシアがそう決めたのであれば文句はない。手助けはしてやるから好きなようにしろよ」

「はい、これからも頼りにさせていただきますわ」

ミリーシアは花がほころぶような美しい微笑みを浮かべた。

青く輝く美しい双眸からは、カイムに対する信頼と恋慕の思いが伝わってくる。

「………」

カイムが引き寄せられるようにミリーシアの頬に手を伸ばす。

ミリーシアもまた拒むことなく受け入れ、自分の頬に添えられたカイムの手に心地好さそうに相貌を緩める。

「ん……！」

「ム……？」

良い雰囲気になっているカイムとミリーシアの様子を見て、何故かリコスが頬を膨らませてカイムの頬をつねってきた。

半眼になっているリコス。もしかして……嫉妬しているとでも言うのだろうか？

「あー……何を考えているんだろうな、コイツは」

「『女の子』ということじゃないですか？　女は生まれた時から女ですよ」

「……意味が分からんな。まったく、手間のかかる子供だ」

カイムはミリーシアの頬に添えた手を離し、リコスのことを抱き上げた。

カイムの肩に乗せられたリコスは無表情であったが、両手を上げてブンブンと振っている。おそらく、喜びの意思表示なのだろう。

そんなやり取りをしながら進んでいったカイム一行は、とうとう森の出口に到着した。

「よし……森を抜けるぞ」

「ああ、シャバの空気が美味しいですの！」

リュカオンの森に入って一週間。大きな問題が生じることはなく、誰一人欠けることもなく『リュカオンの森』を抜けることができた。むしろ人数が増えているのが不思議である。

「ち、近くに村があります、そこに泊まって休んでから帝都に向かうと良いでしゅ！」

「ああ……ここまで案内ご苦労だったな。報酬は手渡しで良かったよな？」

「もちろんです……わっ、こんなにたくさんくれるのでひゅかっ⁉」

ここまで案内をしてくれたロータスに大量の金貨が詰まった袋を握らせる。

事前に提示されていた報酬額の三倍以上の金額だ。チップとしては多すぎるような気もするが、カイムは経済的には困ってないので問題ない。

「馬鹿な盗賊から奪い取ったあぶく銭だ。気にせず受け取っておけよ」

「ありがとう……でしゅ。たすかりまひゅ……」

ロータスが何度も頭を下げてくる。

彼女と一緒に旅をしたのは一週間ほどの短い期間であったが、これでお別れとなると物悲しいものがあった。それはカイム以外も同じだったらしく、女性陣も悲しそうにロータスに別れを告げる。

「名残惜しいです……ここでお別れだなんて」

「そうですわ。この森ではすっかりお世話になってしまいましたの」

「本当にありがとう。恩に着る」

ミリーシア、ティー、レンカが順に別れを告げると、ロータスが感極まった様子で目いっぱいに涙を溜める。

「わ、私も寂しいです。ところで……その子はどうするんでしゅか？」

ロータスがカイムの傍らにいるリコスに目を向ける。

出会った当初こそ足首まで伸び切ったボサボサの深碧髪、体中が泥まみれだったリコスであったが……現在はそれなりに見られる外見になっていた。

女性陣によって髪は整えられており、服装もミリーシアが持っていた服のサイズを直した物を着ている。泥を落として磨いた肌は白くて艶々。フワフワスカートのドレスを身に着けたリコスは貴族のお嬢様のような姿になっていた。

深碧髪と黄金の瞳からは高貴そうな雰囲気も漂っており、ひょっとしたら、どこかの貴族の落胤なのかもしれない。

「帝都まで連れていくですか？　危なくないでしゅか？」

ロータスには帝都に向かう目的について話していない。しかし、道中での空気から、何か殺伐とした事情があって帝都に向かっているのだろうと察していた。

「そうだな……さすがに帝都まで連れていくのは問題があるか」

カイムも同意して頷いた。後継者争いによって内乱発生が目前となっている帝国において、皇族のお膝元である帝都は必ずしも安全な場所ではない。

年端もいかない幼女を連れていくのは、危険に巻き込んでしまう可能性があった。

「そうですね……兄と会う前に、この子の引き取り先を探さなくてはいけませんね」

ミリーシアがわずかに考えて、口を開く。

「孤児院であれば引き取ってくれるかもしれませんが……場所によっては劣悪な環境の所もあります。この子は魔物に育てられ、人の言葉を話すこともままなりません。引き取り手となってくれる人は少ないでしょう」

帝国は裕福な国だったが、全ての孤児に十分な支援を与えられる制度までは整っていない。孤児院は領主や豪商など有力者の援助によって成り立っていることが多く、パトロンに恵まれていない孤児院の待遇はかなり悪い。

酷い場所ならば、子供を奴隷として売り飛ばしたり虐待をしたりしている場所もあるくらいだ。適当な孤児院に置いていくわけにはいかなかった。

「帝都に行けば、信頼できる人が院長を務めている修道院があります。そこでならば、どんな来歴の子供であっても十分な支援を与えてくれるはずです」

「つまり、結局は帝都まで行かなければいけないわけか……目的地は変わらないな」

帝都に行ってすぐに修道院に預ければ、危険に巻き込まれることもないだろう。

カイムは仕方がなしにリコスを帝都まで連れていくことを決定する。

「そ、そういうことなら安心ですね……それじゃあ、私はこれで失礼しまひゅ……」

「失礼するって……おいおい、まだ村にもついていないのに何処に行くんだよ。あちら側に戻るにせよ、村で一泊してから帰ったらどうだ？」

「だ、大丈夫。野宿なら慣れていますし、宿よりもそっちの方が居心地が良いでしゅから」

「お前が良いのなら構わないが……世話になったな。元気でやってくれ」

「はひ、皆様もお気をちゅけて」

ロータスが舌足らずな声で別れの言葉を告げながら、リュカオンの森に戻っていった。

魔境の案内人である兎耳の獣人をミリーシアやティーが手を振って見送る。

「良い子でしたね。ロータスさん」

「がう、とても可愛らしい子でしたわ。このまま旅に連れていきたいくらいに」

「……ガキばっかり増やしてどうするんだよ。ここが孤児院になっちまうだろうが」

カイムが呆れた口調で言って、森のそばにある村に足を向ける。

「それじゃあ、村で休んだら帝都に出発しようか……いよいよ、この旅も終わりに近づいてきたようだな」

ミリーシアと出会ったことで始まった帝都への旅もいよいよ大詰めである。

用心棒として雇われて同行したカイムであったが、遠くない未来にその仕事も終わることになるだろう。

（とはいえ……ミリーシアやレンカと離れる未来は浮かばないな）

「久しぶりに屋根のある家に泊まれますね」

「ええ、気を張り詰めていたから疲れてしまいました」

「今夜は久しぶりにハッスルしますの！　楽しみですわ！」

華やいだ声で言い合っている三人の女性陣に、カイムはブルリと背筋を震わせた。

その日、村で宿をとったカイムは予想通りに三人の獣に襲われることになる。

リコスが寝つくや豹変した彼女らに、カイムはリュカオンの長と戦った時以上の戦慄を感じさせられるのであった。

第五章　帝都

村で一泊したカイム達は帝都への旅を再開させた。

夜の運動で精根尽きたカイムがグッタリとしている間、女性陣が食料などの物資を村で補充し、ついでに馬と馬車も購入した。

手に入れた馬車は屋根も壁もついていない簡素なもの。雨風を防げるような上等なものではない。とてもではないが皇女が乗るようなものではなかったが……小さな農村ではそれ以上の品質のものは用意できなかったのだ。

「ここから帝都までは目と鼻の先ですから、これで十分でしょう。人目を誤魔化すこともできるでしょうし」

「うう、姫様をこんな貧相な馬車に乗せることになるなんて。何て、おいたわしい……」

荷馬車にチョコンと座ったミリーシアの姿に、レンカが項垂れて涙を流している。

「……さんざん悪路を歩かせ、野宿までしておいて今さらだろうが。お前のとこの姫さんは存外に逞しいから大丈夫だ」

ミリーシアもこの旅の中ですっかり逞しくなっていた。もはや箱入りのお嬢様だった彼女は何処にもいない。最近では野営の準備にも意欲的になっており、天幕を張ったり、火を起こしたりする方法も覚えたくらいだ。

「荷台に詰めれば、どうにか全員入れそうですの。馬車の運転は……」

「私がやろう。馬を扱った経験があるのは、この中では私くらいだろうからな」

ティーの言葉に、落ち込んでいたレンカが立ち上がる。

「途中で交代してもらいたいから、他の者にも覚えてもらいたいのだが？」

「俺が覚えよう。やってみたい」

「ティーもやりますわ。従者として主だけに働かせるわけにはいきませんの」

カイムとティーが挙手をする。

「だったら私も……」とミリーシアも手を挙げかけるが、レンカが世にも悲しい表情をしたため、仕方がなく挙げかけていた手を下ろす。

本当に今さらであるが、ミリーシアに馬車の操縦などしてもらいたくないのだろう。

「御者台には二人くらいなら座れる。馬の操縦を教えるから、交代で御者を務めるとしよう。姫様はリコスの面倒をみていてください」

「……いいですよ、わかりました」

ミリーシアがどこか拗ねたように言って、すでに荷台に乗り込んでいるリコスを背中から抱きしめた。リコスはされるがままに抱きしめられながら、おぼろげな目で馬車につながれた馬を見つめている。

「……ジュルリ」

「……食うなよ。食料として買ったわけじゃないからな？」

狼に育てられた幼女は食べ物を見る目で馬を見つめている。

いったい、この幼女は森でどんな食生活を送っていたのだろうか？　カイムはリコスから目を離すまいと心に決めて、御者台へ乗り込んだ。

その後、カイムら一行は交代で馬車を操縦しながら帝都に向けて進んでいった。

途中で大雨に降られ、木陰で立ち往生を強いられることはあったものの……二日後の昼には目的地に到着することができた。

「あれが帝都……ガーネット帝国の中枢か！」

街道の先に見えてきたのは巨大な城壁に囲まれている都市である。

これまで見てきたどんな町よりも大きい。高い城壁に阻まれているが、向こう側に城壁よりも高い尖塔の一部が頭を覗かせていた。

「ん……！」

馬車の荷台で立ち上がったカイムの身体によじ登り、リコスが大きく目を見開いている。

森の中の生活ではお目にかかれない巨大な建築物を目にして、カイムとリコスはそろって感動していた。

「なんてデカさの町だ……ああ、畜生！　余裕があったら観光したかったのに！」

今回の帝都への来訪はミリーシアを送り届けるという目的がある。

帝国は現在皇帝が病床に臥せっていて、苛烈な後継者争いの真っ最中。ミリーシアのことを狙っている人間がいるかもしれないし、ゆっくり観光する時間がないのが口惜しい。

「全ての問題が片付いたら、ゆっくりと観光いたしましょう。その時は私が案内させていただきます」

帝都の城壁を見つめるミリーシアの表情は何処か複雑そうで、故郷に帰ってきた喜び以外にも様々な感情を内包しているようだ。

そんな顔を見てしまうと、無邪気に喜んでいた自分が恥ずかしくなってくる。カイムはコホンと咳払いをして荷台に座り直す。

「それで……帝都に入ってから、どうするつもりだ？　さっそく城に行くのか？」

「もちろん、城に帰るつもりです。そこにアーサーお兄様がいるはずですから」

ミリーシアの目的は第一皇子であるアーサーと接触して、ランスと戦いにならないように説得するためである。

(とはいえ……ミリーシアには悪いが、説得がうまくいくとは思えないんだよな)

言葉で止まるくらいなら、最初から跡目争いなんてしていない。話し合ってどうにもならなかったから、兄弟同士で殺し合いに発展しようとしているのだ。

(家族の絆なんてその程度。血が水よりも濃いだなんて限らない。父親が息子を殺そうとすることだってあるくらいだからな)

カイムは父親——ケヴィン・ハルスベルクの顔を思い浮かべる。

ケヴィンは長年、実の息子であるカイムのことを冷遇し続けており、『毒の王』となったら躊躇うことなく殺そうとした。カイムは家族の愛情を信じない。そんなものは欲望や利益の前では砂の城のように脆いものなのだ。

(だからといって、ミリーシアが間違っているとは言わない。『カイム・ハルスベルク』が失敗したからといって、ミリーシアが失敗すると決まったわけじゃない。一国の命運がかかっているとなれば、なおさら諦めることなんてできないだろうよ)

「……まずは城門を無事に突破しないとな。帝都の中に入れなくちゃ話にならない」

城壁の前には長蛇の列ができており、大勢の旅人や行商人が並んでいる。

どうやら、兵士が都に入る人間を審査しているらしい。あそこを突破しなければ、アーサーに会うなど夢のまた夢だ。

「皇女様だから顔パスで通してくれるか。それとも……反対に止められるかな？」

現時点でアーサー皇子がどこまでミリーシアを警戒しているかはわからない。城門にいる衛兵が誰の下についているかもわからない。

最悪の場合、捕まってそのまま投獄なんてことも有り得る。御者台のレンカも腕を組んで、難しそうな表情になっていた。

「うーん……城門を警備しているのは騎士階級、あるいは平民階級の兵士のはず。いきなり姫様を捕らえるような無礼者はいないと信じたいが……」

「がう、出たところ勝負ですの。ミリーシアさんの人望が試されますわ」

「じ、人望などといわれると自信が無くなってしまいますけど……捕まってしまっても、怒らないでくださいね？」

ミリーシアは困ったように眉尻を下げて、首を傾げたのであった。

レンカが馬車を城門に向かって進めていく。先に並んでいた行商人や旅人の後について待っていると、やがてカイムらが審査を受ける順番がやってきた。

ここで止められてしまっては、帝都に入ることができなくなってしまう。

しかし……そこで声を上げる男がいた。

「レンカさん！　レンカさんじゃないですか⁉」

城門の前に馬車を進めるや、審査をしていた兵士が声を上げげた。大声で話しかけてきたのは二十歳前後の若い騎士である。

「お前は……確かコージーだったか？」

「覚えていてくれたんですね！　いやあ、嬉しいなあ！」

人懐っこい笑みを浮かべて若い騎士が近づいてくる。

「知り合いか？」

「ああ、前に指導をしたことがある後輩の騎士だ。懐かしいな」

カイムがレンカの耳元で訊ねると、小声で説明をしてくれる。

どうやら、城門で審査をしていたのはレンカの知り合いだったようだ。

「今日はどうされたんですか？　仕事で外出していたんですか？」

「まあ、そんなところだ。ところで……すぐに皇城に戻らなくてはいけない用事があるんだ。時間が惜しいので、通してもらっても構わないかな？」

「ええ、もちろんですよ。ところで……そちらの男性はレンカさんのお知り合いですか？」

若い騎士が探るような口調で訊ねてきた。もしかして、怪しまれているのだろうか。カイムは顔色が変わらないように努めて平静を装った。

「そうだ。私の友人、いや、同僚というべきかな？　とある任務のために一緒に外に出ていたんだ」

「ふうん……」

若い騎士がジロジロとカイムを窺う。

騎士の目は何故かカイムだけを狙い定めており、フードを被って馬車の隅で小さくなっているミリーシア、メイド服のティー、野生児の幼女であるリコスには向けられていない。

改めて、怪しすぎる一団であったが……若い騎士がそれを見咎めることはなかった。

「……どうぞ、通ってください」

「……？　ああ、すまない」

何故かしょんぼりとした様子で通行の許可を出す後輩に、レンカは首を傾げながら馬車を進めた。

「レンカさん……意外と罪な人ですの」

「ム……？　どういう意味だ？」

「わからないのなら構いませんの。あーあ、失恋はほろ苦い薬草茶の味ですのー」

「………？」

揶揄(からか)うようなティーの口調にレンカが不思議そうな顔をしている。

どうやら、若い騎士の切ない男心はレンカには伝わっていないようだった。

無意識なのだが、カイムとレンカの距離(きょり)は単なる同僚のそれではない。気づいていないのは本人ばかりで、レンカがカイムを見る目には明らかな恋慕と信頼が込(こ)められていた。

そんなレンカの変化に若い騎士の淡(あわ)い恋心(こいごころ)が打ち砕(くだ)かれることになったのだが……それは当人にはまるで伝わっていないようである。

「最初の関門は突破したな。ここが帝都。帝国最大……いや、大陸最大の都市か！」

帝都へと足を踏み入れたカイムが顔を輝かせる。

正門をくぐって中に入ったカイムの前に現れたのは人、人、人、人……視界を埋(う)め尽くす圧倒的(あっとうてき)な人の波だった。ここに来るまでにもいくつかの町を経由していたが、これほどまでに賑(にぎ)わっている場所を訪(おとず)れるのは初めてである。

ティーも目を皿のようにしており、残る一人……狼に育てられたリコスは目をパチクリさせて大通りを行く人々を目で追っている。

「カイム様、人間と獣人……それに見たこともない種族がいますの」

「ああ、人間のようにも見えるが……珍(めずら)しい髪だな。それに耳も」

カイムとティーが見知らぬ種族に首を傾げた。二人の疑問にミリーシアが答える。

「ああ、あちらは森人族。いわゆる『エルフ』と呼ばれる方達ですよ」

三人の視線の先……新緑色の長髪の男女が並んで買い物をしていた。驚くほど整っていて人形のようにすら見える美貌。そして、ピンと尖った耳が特徴的である。

「エルフって……おとぎ話に出てくるあのエルフか？」

カイムも目を輝かせる。

子供の頃、母親から読み聞かせられた絵本にも『エルフ』と呼ばれる民族が出てきた。亜人と呼ばれる者達の中でもドワーフと並んで有名な種族だったが、直に目にするのは初めてである。

「エルフは森の中に集落をつくっていて、滅多に人前に出てきませんから。まれに若いエルフが森の外を見ようと出てくるようですが……帝国でも帝都くらいしか目にする機会はありませんよ」

「その割には有名だよな。エルフってのは。人前に出てこないのに名前が知られているとはおかしな話だ」

「それだけエルフが強い力を持っているということです。エルフの戦士は一人で一個中隊に匹敵すると言いますから。『アルハザート戦記』や『勇者ベアキッドの冒険』などにも英雄を導く師や仲間として登場しますし」

「ああ、その本だったら俺も読んだことがあるな。冒険者になりたいと思うきっかけにもなった英雄譚だ」

カイムは幼い頃に読んだ本を思い出した。英雄譚を読み、そこに登場する主人公のようになりたい……そんなことを幼少時には思っていたものである。

（憧れていた英雄……随分と遠くになっちまったな）

今のカイムは勇者や英雄というよりも、彼らの前に立ちふさがる魔王のようである。

毒を支配して、その力を使って美姫を発情させて侍らせているカイムは英雄とはとても呼べまい。

（英雄というのはあの男……ケヴィン・ハルスベルクのような男を指しているのだろうな。正道を歩き、邪悪に立ち向かう戦士……）

「……どうでもいいな。片腹痛くなる」

正道をまっすぐ進み続ける戦士。立ちふさがる敵を容赦なく叩き潰す勇者。

物語の主人公であればご立派なものだが……『悪』と断定されて叩かれる側としては迷惑極まりない。

父親のような英雄になりたいという夢は『毒の王』となった時に捨てている。

今のカイムが歩むべきは王道でもなければ正道でもない。自分が自分らしく生きることができる道を歩いているのだから。

「それで……ミリーシアの知り合いがやっている修道院というのはどこにあるんだ？」

「ええっと、こちらです」

ミリーシアに案内されて、帝都の一角にある修道院へと向かっていった。

到着したのは落ち着いた雰囲気のある教会である。広い庭では子供達がボールを投げて遊んでおり、和やかな雰囲気が伝わってくるような場所である。

「へえ……良さそうな場所じゃないか。子供が笑っている」

親のいない子供が笑って生活できているのなら、ここは良い場所といえるのだろう。

親がいたって笑えない子供なんていくらでもいる。子供は親を選べないのだから。

「ここは母が設立した場所です。母が亡くなってからも親交のある貴族や商人らが出資してくれています。経済的にも豊かで、引き取っている子供への教育も行き届いていますよ」

「それは結構。この調子で狼娘も受け入れてくれると良いんだが……」

正面から敷地に入ると、シスター服を着た年配の女性が出迎えてくれた。

「旅の方とお見受けしますが、こちらの修道院に何の御用でしょうか？」

白髪で老年のシスターは穏やかな口調で訊ねてきた。

ミリーシアが前に進み出て、頭部を覆っていたフードを下ろす。

「お久しぶりです、マザー・アリエッサ！」

「貴女は……ミリーシア殿下！」

マザー・アリエッサと呼ばれた修道服の女性が思わずといったふうに声を上げて、慌てて口を手で覆う。

周囲をサッと見回すが、特に聞いている人間はいないようだ。胸を撫で下ろした様子でミリーシアに話しかけてくる。

「行方不明と聞いていましたが……よくぞご無事で」

「心配をかけてしまって申し訳ございません。マザーも息災そうで何よりです」

和やかに話し合う二人からは気安い空気が伝わってきており、親しい間柄であることが傍目にもわかった。

「レンカさんも無事なようですね。神の導きに感謝いたします」

「お心遣い、感謝いたします。神の導きにも」

同じく、顔見知りらしいレンカも頭を下げる。

アリエッサはカイムやティーにも視線を向けて物言いたげな顔をするものの、何も口にすることなく微笑みを浮かべてきた。

「ミリーシア殿下の御友人ですね？　殿下がお世話になりました」

(明らかに怪しい俺達にまで平然と接してくるなんて、かなりの人格者のようだな)

「ああ、問題ない。雇われた身として当然のことだ」

「さあさあ、積もる話もあるでしょう。奥へどうぞ。お茶を淹れさせていただきます」

アリエッサに案内されて、カイム達は修道院の奥の部屋へと通された。

「さて……それでは、そちらにお掛けください。すぐにお茶の用意をいたします」

勧められるがまま、カイム達はテーブルにつく。それぞれが椅子に座り……何故かリコスはカイムの膝の上に乗った。

すぐにアリエッサが紅茶を入れたカップを全員の前に並べてくれる。

深みのある良い香りだ。それほど高価な品ではないようだが、純粋に淹れ方が上手なのだろう。人をもてなすことに慣れているようだ。

「さて……こちらの部屋は防音になっています。何か相談があってこられたのでしょう?」

「……さすがはマザー・アリエッサです。ひょっとして、皇城の状況も把握しているのでしょうか?」

「ええ……多少のことは。おせっかいな者達が色々と話をしに来てくれますので」

テーブルの対面に座ったアリエッサがわずかに表情を曇らせる。

「ご存じだと思いますが……先帝陛下がお倒れになってから、第一皇子であらせられるアーサー殿下と第二皇子であらせられるランス殿下の間で権力闘争が起こっています」

「………」

「争いは収まる気配がなく、ランス殿下は帝都を離れました。ご自分の領地に入っており、そこで手勢の兵士を結集させているようです。近いうちに、蜂起してアーサー殿下と決着をつけるつもりなのでしょう」

「そんな……！」

ミリーシアが息を呑んだ。事前にそれらしい情報を得てはいたものの……不確定だった情報が確信に変わったことで顔を青ざめさせる。

「アーサー殿下はランス殿下を反逆者に認定して、討伐隊を送り込もうとしています。出征まで一ヵ月とかからないでしょう」

「……アーサーお兄様に会いに行きます。話をして、戦いを止めます」

ミリーシアが毅然とした顔つきで断言した。真剣な眼差しには有無を言わせぬ強い意志が浮かんでいる。

（ミリーシアを送り届けるという仕事は果たしたんだけどな……）

「いいさ……俺はついていこう。乗り掛かった舟だしな」

カイムが肩をすくめた。

こんなところで抜けたとしても、寝覚めの悪い思いをするだけである。こうなった以上、最後までミリーシアに付き合うことを決めた。

「ありがとうございます……カイムさん！」

「……よろしいのでしょうか、ミリーシア殿下。私はこのまま殿下が隠れていた方が安全だと思いますが？」

感極まった様子のミリーシアに、アリエッサが心配そうに言ってくる。

「アーサー殿下は悪人ではありません。しかし、己の覇道を貫くためであれば、いくらでも非情になれる御方です。女性のミリーシア殿下が相手でも無事に済むとは限りませんよ？」

「私はガーネット帝国の皇女です。己の生まれに見合った役目がありますから」

ミリーシアは椅子から立ち上がり、戦場に向かう戦乙女のような顔で胸を張る。

「一度は他国に逃げた私ですが……今度こそ、帝国を救うために命を賭けたいと思います。大丈夫です、私には支えてくれる仲間がいますから」

「……さようでございますか。ならば、私が言うことは何もございません」

アリエッサもまた立ち上がり、首から下げたロザリオを握りしめる。

「ミリーシア殿下の行く末に神の加護があらんことを」

「ありがとうございます……ところで、マザー・アリエッサにもう一つお願いがあるのですが……」

「何でしょうか？」

「こちらの女の子を預かってはいただけませんか？」

ミリーシアがカイムの膝でチビチビと紅茶を舐めているリコスを手で示した。

「その子を……何か訳ありでしょうか？」

「はい。事情を説明すると長くなるのですが……」

ミリーシアがリコスを拾うまでの経緯について説明すると、アリエッサは驚きに瞳を見開いた。

「魔物に育てられた少女……なるほど、そんなことがあったのですか……」

「よろしければ、この修道院で引き取ってもらえると有り難いのですが……」

「もちろんですとも。神の家は閉ざす門を持ってはおりません。魔境で魔物に育てられたという数奇な運命の子であろうと、喜んで受け入れましょう」

アリエッサがリコスに近づいていき、ゆっくりと頭を撫でる。

リコスは抵抗こそしないものの、紅茶を舐めるのをやめて、怪訝な目でアリエッサを見上げた。

「大丈夫ですよ。一つずつ、しっかりと人間の常識を勉強していきましょうね。人生にやり直しのきかないことなどないのですから」

「よろしくお願いします……マザー・アリエッサ」

「色々と入り用になるだろうから、金は置いていく。適当に使ってくれ」

カイムが金の入った布袋をテーブルに置いた。かなりの大金であったが、魔狼王の魔石を売れば十分にお釣りがくる。惜しくなどはなかった。

「寄付として受け取っておきましょう。この子の将来のために使わせていただきます」

「そうしてくれ……それじゃあ、お別れだ。元気でな」

「う……？」

カイムがリコスの頭を撫でると、不思議そうな顔で首を傾げてくる。言葉の意味が理解できていないようだ。

カイム達はリコスを預けて、修道院を後にする。

リコスはついていこうとしたが、若いシスターらによって手足を掴まれて捕獲されてしまった。拘束を振りほどこうと必死になって暴れていたが……シスターの一人がクッキーを差し出すと、別人のように大人しくなってコリコリと齧っていた。

「現金な奴だな……俺達よりもクッキーかよ」

「子供ですからね……それでは、早速ですが城に向かいましょうか」

ミリーシアが苦笑しつつ、そびえ立つ皇城へと目を向けた。

「さっそく、敵地に乗り込むですのね？」

「敵地って……一応、あそこは私の実家でもあるんですけど……」

ティーの言葉にミリーシアが苦笑する。

「城はアーサーお兄様の影響力が強い場所ではありますが……私だって皇族の一人として認められています。いきなり剣を向けてくることはないはずですよ」

「むしろ、アッチが手を出してくれた方が問題は簡単かもしれないな。アーサーをぶっ殺してやれば、ランスとやらが次の皇帝だ」

「カイムさんはまたそんな……あくまでも、目的は話し合いですよ？」

カイムの冗談に苦笑しつつ、一行は皇城へと向かった。

〇　　　〇　　　〇

帝都の中央。深い堀に囲まれるようにして、その城は建っていた。

重厚そうなレンガの居城。中に入るためには、城の前後にある門にかけられた橋を通らなければいけない。

　橋の向こう側には幾人(いくにん)もの兵士が立っている。雰囲気(ふんいき)だけでもわかる……十分に訓練を受けている精鋭(せいえい)だった。

(難攻不落(なんこうふらく)だな……この城を落とすのはさぞや難儀(なんぎ)することだろう)

　皇城の正門にかけられた石橋。先頭を歩いているのはレンカである。その後ろをミリーシア、カイム、ティーが続いていく。

　カイム達が正門に近づいていくと、兵士が警戒した様子で槍(やり)を向けてきた。

「待たれよ。ここから先は関係者以外の立ち入りを……」

「誰に槍を向けている！　控(ひか)えよ！」

　門の前にいた兵士が誰何(すいか)してくるが、弾(はじ)かれたようにレンカが叫(さけ)んだ

「ここにおわす御方をどなたと心得る!?　帝国第一皇女にして皇位継承(けいしょう)第三位。ミリーシア・ガーネット殿下であらせられるぞ！」

「なっ……！」

　レンカの放った言葉を聞いて、警備の兵士が目を剥(む)いて槍を引く。彼らの視線がレンカの後ろにいたミリーシアへと向けられ……即座(そくざ)に膝をついて頭を下げる。

「ご、ご無礼をいたしました。ミリーシア殿下！」

「知らぬこととはいえ、何ということを……どうぞ、ご容赦ください！」

皇族に槍を向けてしまったことに気がつき、兵士達は顔を青ざめさせている。事と次第によっては家族も道連れで死罪になりかねないことをしたのだから、兵士が怯えているのも無理はなかった。

「何というか……意外と気持ちの良いものなんだな。権力を振りかざすっていうのは」

後方にいるカイムが苦笑する。血筋や地位で相手がひれ伏すというのは、力で屈服させるのとは違う小気味良さがあるようだ。

「構いません。扉を開きなさい」

ミリーシアが端的に命じた。背筋を伸ばして凛然として立つ姿は普段の彼女とは別人のようである。これが皇女としての顔なのだろう。

「ははあっ！　ただいま！」

「開門！　ミリーシア皇女殿下の御成りである！」

兵士が叫び、重厚な金属製の扉がゆっくりと左右に開いていく。

「さて……鬼が出るか蛇が出るか。楽しみだな」

ここは兄弟で国を巡り、殺し合おうとしている者達の根城。『人妖』という怪物が巣食った魔窟である。

カイムは改めて気を引き締めて、皇城への第一歩を踏み出した。

城のエントランスホールには赤く染められた絨毯が敷かれている。床には壺や置物、壁には絵画が飾られており、正確な価値はわからないが見るからに高そうである。

「おおっ⁉」

しかし、カイムの目を引いたのは別の物。エントランスホールの中央に置かれている魔物の剝製だった。

見上げるほどの巨体。身体の表面を覆っている白銀色の鱗。口から覗いている牙は名工に鍛えられた剣のようで、燃えるような真紅の瞳がこちらを見下ろしている。

それは最強として知られる魔物……ドラゴンだった。

「すごいな……これは本物か？」

「こちらの剝製はかつて初代皇帝が討伐したとされるドラゴンです」

驚くカイムに、ミリーシアが説明する。

「初代皇帝は剣の達人であり、武勇によって近隣諸国をまとめ上げて、魔物や異民族を退けたと伝説が残っています。帝国が武勇を重んじる実力主義を取っているのも、初代皇帝を尊敬しているからです」

「ドラゴンを討てるほどとなると、よほどの力量だったんだろうな……」

さすがに一人で討ち取ったわけではないだろうが……それでも、十分に英雄である。

カイムがドラゴンの剥製に見入っていると、廊下の向こうから老年の執事が小走りで駆けてきた。

「ミリーシア皇女殿下！　戻られたのですか⁉」

現れたのはロマンスグレーの髪とヒゲを丁寧に整え、片目にモノクルをかけた執事。

まるで廊下を滑るような足取りでミリーシアの前にやってくる。

「お久しぶりです。フォッシュベル侍従長」

「ご帰還をお待ちしておりました。よくぞご無事で……！」

フォッシュベルと呼ばれた執事が膝をつき、ミリーシアの無事な帰還を言祝いだ。

深い崇敬の態度は上っ面のものとは思えない。本心からミリーシアのことを主人として敬っているのだろう。

「心配をかけてしまって申し訳ありません。気の迷いがあったようで、随分と迷走してしまいましたが……ようやく己のなすべきことが見つかりました」

ミリーシアが己を恥じるように言う。

二人の兄が争っている事実から目を逸らし、次兄の手引きによって他国に亡命しようとした。それは権力争いに巻き込まれないようにとの処置であったが、見ようによっては皇族の義務を放棄する行為である。

「私は戻ってきました。これから、皇女としての義務を果たしたいと思います」

ミリーシアが毅然とした表情で、片膝をついたフォッシュベルに告げる。

「アーサーお兄様に面会を申し込みます。話を通していただけますか？」

「………………！」

フォッシュベルがモノクルをかけた目を見開いた。

「……承知いたしました。今すぐにアーサー殿下にお伝えしてきます」

老年の執事は深く頷くと、立ち上がって頭を下げる。

「しばしお時間を頂きます。どうぞ、部屋でごゆるりとお寛ぎください」

フォッシュベルが近くに控えていたメイドに目配せをすると、若いメイドが「お部屋までどうぞ」と廊下を先導していく。

「私の部屋に案内します。カイムさん達も行きましょう」

「ああ……わかった」

メイドに先導されて、カイム達は廊下を歩いていく。

すれ違う騎士や使用人がミリーシアを見ると驚いたような顔をして、すぐに頭を下げてくる。ここまで来て、ようやくミリーシアが皇女なのだと実感させられた。

長い廊下を十分以上もかけて歩いていき、やがて城の奥にある一室へとたどり着いた。

「留守中も掃除などの管理は怠っておりません。すぐにお茶とお菓子のご用意をいたしますので、しばしお待ちください」

「ええ、ありがとう。お茶はここにいる全員分を持ってきて頂戴」

「かしこまりました。失礼いたします」

メイドが深く頭を下げてから去っていくが……廊下を遠ざかっていく背中をティーがジッと見つめていた。

「どうした、ティー？」

「……できますの」

「あ？」

「さすがは帝国のメイド……かなりデキる女のようですの」

ティーが真剣な表情でゴクリと喉を鳴らす。

「素早い足運び、体幹の安定性、お辞儀の角度……どれをとっても隙のない素晴らしいメイドっぷりですの。まさにメイドの中のメイド……恐れ入りますわ」

「……知るか」

「一見して清楚に見えますけど、夜もかなりやれると見ましたわ。お尻も安産型でしたの」

「知るか！」

いったい、何処を見ているというのだ。

カイムが呆れ果てていると、先に部屋に入ったミリーシアが手招きをしてくる。

「皆さん、こちらです。どうぞ入ってください」

促されて、カイム達もミリーシアの部屋に入る。

綺麗に整頓された部屋。王族の私室なのだからどれほど立派なものかと思いきや、意外なほどに家具や調度品が少ない。

「結構、スッキリしているな。あちこちにドレスやら宝石やら飾ってあるのかと思ってたよ」

「私はつい先日まで、マザー・アリエッサの修道院にいましたから。ゴチャゴチャとしているのは落ち着きませんし、あまり物は置かないようにしているんです」

「あ、それでもシーツとかカーテンとか高級品ですの。スベスベとしていて、触り心地が良いですわ」

ティーが前屈みでベッドシーツを撫でながら、スカートの裾から覗く尻尾を揺らす。

「へえ、確かにな。ベッドもやたらとデカいしな。三、四人は寝られるんじゃないか？」

カイムも興味深そうにベッドに目を向けるが……ミリーシアが顔を赤くした。

「か、カイムさん……もう夜のことを考えているなんて、いやらしいですよ」

「……いや、まったくそういう意味ではなかったんだが？」

「今夜はここで乱交パーティーですの。このポヨンポヨンのベッドでエッチなことをしたら気持ち良さそうですわ」

「ティーも乱交とか言うんじゃない！　状況を考えろ！」

「カイム殿の言うとおりだ。ここが何処だと思っているのやら」

カイムが叱りつけると、レンカも渋面になって嘆かわしそうに首を振った。

「ここは皇城の真ん中。警備もぶ厚い。だからこそ、誰にも見られないように庭でやった方がスリルがあると思う。使用人や兵士の目から隠れて木陰での調教……何とも興奮するじゃないか！」

「やっぱりかよ！　お前らの頭にはピンクのお花畑でもできているのか⁉」

カイム達はアーサー皇子を説得して、内乱を回避するためにここにやってきたはず。

どうして、敵地の真ん中になるかもしれない場所でセックスの相談をしているのだろう。

そんな言い合いをしていると、部屋の扉が外からノックされた。

カイムがギクリと肩を跳ねさせると、「お茶を持って参りました」と先ほどのメイドの声がする。

「どうぞ。入ってください」

「失礼いたします」

ワゴンを押したメイドが部屋の中に入ってきて、テキパキとお茶の準備を整える。

白磁に鮮やかな花の模様が描かれたティーカップに紅茶を注いでテーブルに並べ、さらにお茶請けの菓子を載せた皿を置く。

「それでは、失礼いたします。何かご要望があればお呼びください」

「ありがとう」

メイドが丁寧にお辞儀をして、部屋から出て行った。

扉の外に待機をしているようで、扉の外からうっすらと気配を感じる。

「……いけませんね。会話を聞かれてしまうところでした」

「勘弁しろよ……いきなり『皇女を媚薬漬けにして抱いた罪』とかで捕まりたくないぞ」

ミリーシアとカイムが外に聞こえないよう声を潜めて会話をする。

ティーがテーブルの椅子を引いて、カイムに手招きした。

「とりあえず、お茶をするですの。この茶葉もかなりの高級品ですわ」

「そうだな……ちょっと小腹も空いてきたし、菓子を食わせてもらおうか」

カイムは椅子に座り、テーブルに置かれた茶菓子を手に取った。

「このお菓子、珍しい形をしているな。どうして、真ん中に穴が開いているんだ？」

「これは『ドーナツ』というお菓子ですよ。美味しいから食べてみてください」

「へえ？」

ミリーシアの説明を聞いて……カイムは早速、ドーナツを口に運んだ。

「………美味っ！」

チョコレートを初めて食べた時と同じような衝撃に、カイムは思わず叫んだ。

「甘さやコクはチョコレートも負けてないが、表面はサクサクで中身はフワフワ。蜂蜜のコクが口の中いっぱいに広がっていくだと……!?」

「こちらのドーナツにはチョコも使われていますよ」

「何だって……！」

ミリーシアが黒いドーナツを差し出してくると、カイムは心から戦慄する。

ただでさえ、甘くて美味しいドーナツにチョコレートを足したら、もう無敵ではないか。

これだけで世界が獲れてしまいそうである。

（こ、これが大陸一の大国であるガーネット帝国の力……！　どんな軍事力でこんな美味なる甘味を生み出したというんだ……！）

カイムは震撼しながらも、サクサク、ムシャムシャとドーナツを口に運んでいく。

途中で紅茶も挟むが、これまたまろやかな風味があって美味である。

砂糖が入った壺もテーブルに置かれていたが、あえて甘みを足さないことでドーナツの美味しさが引き立っていた。

「……カイム殿は本当に何でも美味しそうに食べるな」

「可愛いですよね」

レンカとミリーシアが微笑ましそうに、ドーナツを食べているカイムを見つめている。

ティーも同じく笑顔になって、空になったティーカップにお代わりを注いだ。

そうやって小さな茶会を満喫している四人であったが……しばらくすると、再びドアがノックされた。ミリーシアがカップを置いて声をかける。

「どちら様ですか？」

「フォッシュベルでございます。入ってもよろしいでしょうか？」

「どうぞ」

アーサーに面会を申し込みに行っていたフォッシュベルが戻ってきたようだ。許可を出すと、扉が音もなく開いて執事服の老年男性が入ってくる。

「失礼いたします。お待たせいたしました」

「いえ……それよりも、アーサーお兄様は会ってくれそうですか？」

「それなんですが……」

フォッシュベルが表情を曇らせる。

「ミリーシア殿下が面会を求めていると申し上げたところ、アーサー殿下は『明日の午後には時間ができるから、それまで待つように』とのことです」

「妹が会いたがっているのに、拒否したのか？」

カイムがドーナッツを齧りながら、眉を顰めた。

フォッシュベルはカイムの方を一瞥だけして、ミリーシアに向き直る。

「アーサー殿下は病床の皇帝陛下の代理として、政務を行っています。『いかに妹といえど、国家の大事を扱う政務をないがしろにしてまで会うわけにはいかない』と仰っていました」

「……そうですか」

ミリーシアが目を伏せた。

アーサーの言い分は間違ってはいないが、やや人としての情が欠けているように感じた。

「……アーサーお兄様は一度そうと決めたら、容易く意見を変えない御方。再度、面会を申し込んでも徒労に終わるでしょうね」

「……申し訳ございません」

「フォッシュベルのせいではありませんわ。それでは、今日は皇城で休ませていただきます。ところで……お父様にお会いすることはできますか？」

「……重ね重ね、申し訳ございません。皇帝陛下との面会はアーサー殿下の許可がなければできません。この城の警備責任者はあの御方ですから」

「…………そうですか」

ミリーシアが悲しそうな表情をする。フォッシュベルも唇を噛んでわずかにうつむいていたが……やがて業務的な口調で確認する。

「そちらの皆様も泊まっていかれますか？　客間を用意させていただきますが……？」

「……はい、お願いします。レンカはいつも通りに私の隣の部屋に泊まってもらいますので、カイムさんとティーさんの部屋と食事をお願いします」

「畏まりました。そちらのお二人は別々の客間でよろしかったでしょうか？」

「一緒の部屋で構いませんの」

フォッシュベルの問いに答えたのはカイムではなく、ティーである。

「私はここにいるカイム様のメイドですから。寝泊まりも一緒ですわ」

「……それでは、そのように手配させていただきます」

フォッシュベルが頭を下げて、部屋の外に下がっていった。

「さて……明日まで待たされるわけだが、これは罠だと思うか？」

カイムがドーナツの穴に指を入れ、クルクルと回転させながら訊ねた。

すぐに顔を合わせることなくあえて一晩を置くことで、何らかの策略を仕掛けてくるかもしれない。

寝込みを襲われるのではないかとカイムが警戒していると、ミリーシアがゆっくりと首を振る。

「いえ……おそらく、純粋に政務が忙しいのでしょう。裏があるとは思えません」

「その根拠は？」

「アーサーお兄様は戦場においては策略や謀略もやむ無しという考えの方ですが、基本的には真っ向勝負を好んでいます。『私兵を持たない妹ごとき』に汚い騙し討ちをするようなことは絶対にありえません」

「なるほどな……」

ミリーシアがそうまで言うのであれば、騙し討ちはないだろう。せっかくなのでゆっくりと休んで長旅の疲れを落とすとしよう。

「それじゃあ、決戦は明日というわけか……楽しみだな」

「楽しみではないですね……荒事にならないと良いのですけど……」

ミリーシアは胸の前で両手を握り合わせて、祈るように目を閉じたのであった。

○　○　○

その日は豪勢な食事が出された。皇城のコックが腕によりをかけて作ったものだ。

食事は客間まで運ばれてきたため、カイムはティーと二人で食べることになった。久々の二人きりの食卓。ミリーシアやレンカとは別々である。

このまま今日はゆっくりと休んで、明日のアーサーとの面会に備える予定……

「……というわけにはいかないんだよな」

肩をすくめて、カイムは客間から廊下に出た。

すでに夜も更けていたが、まだ眠るわけにはいかない。絶対に部屋に来るようにとミリーシアから言い含められているのだ。

目的は想像がつく。夜に寝室に来いと言われているのだから、察せないわけがなかった。

（ここは皇城だぞ……背徳感が物凄いのだが？）

カイムは今から、夜這いに行くのだ。

皇城の中で。この国でもっとも尊い女性のところに。

これまでも何度となくミリーシアと身体を重ねてはいるものの、場所が場所だけにとんでもないスリルがあった。

（捕まったら死刑……いや、即斬り捨てられるかな？）

こんな状況で誘ってくる方もくる方だが、誘いに乗るカイムもカイムである。

自分でも馬鹿なことをしているとは思うのだが……断った時の女性陣の怖さは何よりも思い知っていた。

すでにティーはミリーシアの部屋に行っている。何故かカイムは一時間ほど遅れていくことになっている。

「やれやれ……」

カイムは諦観に肩を落としながらも気配を隠して廊下を歩いていく。すでに明かりは落とされているのだが、夜目が利くので問題なく進むことができた。

時折、警備の兵士が巡回をしているのに出くわしそうになるが……物陰に隠れて、息を潜めながらミリーシアの寝室を目指していく。

（ロータスから気配を隠す方法を学んでいたのが役に立ったな……）

あの兎少女の動きを見て隠密術を修得していたおかげで、騎士達に見つかることなく廊下を進むことができている。

（ここで万が一にもアーサーとやらと出くわすことがあれば、かなり愉快な状況になっち

まうんだけどな……まあ、さすがにそれはないだろうけど）

皇城は小さな町なら収まるのではないかというほど広い。

アーサーが生活・執務をしている区画とミリーシアの寝室がある区画とでは、徒歩で一時間近くもかかるほど離れているそうだ。誤って遭遇することはあるまい。

（よし……このまま、真っすぐ進めば寝室に……）

「そこにいらっしゃいますね。カイム殿」

「………‼」

あと少しでミリーシアの寝室に到着しようとしたところで、急に名指しで呼ばれた。

物陰に隠れたカイムの背筋が凍りつく。完璧に気配を隠していたはずだったのに。

「驚かれることはありません。私はプロです。いかに上手く気配を隠したとしても、わずかな拍動の音や匂いがあれば気がつきますとも」

暗闇の廊下に立っていたのは昼間にも会った老執事……フォッシュベルだった。

ミリーシアの寝室につながる廊下の中央に立っており、番人のように待ち構えている。

「……驚いたな。俺が来ることをわかっていたのか？」

カイムが姿を現して、降参するように両手を上げた。

「夕食後、ミリーシア殿下がいつになく浮かれていましたので。もしかしたらと思って待ち構えていたのです」

「ああ、そうかよ……このまま引き下がるから見逃してくれないか？　皇女に夜這いを仕掛けた罪とかで処刑台送りは勘弁して欲しいのだが？」

「勘違いなさらないでください。私は皇女殿下を襲おうとした不埒者を捕らえるためにいるのではありません」

「…………？」

カイムが怪訝に目を細める。

こんな時間に女性の寝室を訪ねようというのだ。目的がわからないわけでもないはず。

「……私は皇帝陛下の執事をしており、ミリーシア殿下を幼い頃から存じ上げております」

「…………？」

「個人的な感傷になりますが……私はミリーシア殿下には政略結婚などではなく、好き合った男性と結ばれていただきたい。もちろん、その男性がミリーシア殿下を御守りできるだけの力があればの話ですが」

「なるほど……つまり、俺にその力があるのか気になっているわけか」

話が見えてきた。この老執事はカイムに対してタイマンを張っているのだ。

ミリーシアを手に入れたければ、自分を倒していけ……そんな子煩悩な父親のようなことを言いたいようである。

「脳筋なことだな。それが帝国人の気質なのか？」

「強ければ大抵のことが許されるのが帝国です。帝国皇女を娶ろうとするのであれば、その流儀に合わせていただきたい」

フォッシュベルが拳を構えた。右手をカイムに向けて、左手は引いて半身になる。

構えを見ただけでわかる……何らかの武術をかなり高いレベルで修得していることが。

「よし……それじゃあ、来い。先手は譲ってやるよ」

「余裕ですな。それでは、遠慮なく……！」

フォッシュベルが床を蹴った。

目にも留まらぬ足さばきでカイムに肉薄して、拳を振り抜こうとして……。

「おおっ……!?」

次の瞬間、袖から鋭く尖った刃が飛び出した。

執事服の袖に隠し持っていたナイフがカイムの首を刺し貫こうとする。

「見事……！」

「驚いたな……殺す気じゃねえか」

二人の身体が一瞬だけ交差して、前後にすれ違う。

次の瞬間、フォッシュベルが膝をついて腹部を手で押さえた。

フォッシュベルが突き出したナイフが中ほどでへし折られており、おまけに腹部を強打。最低でも一瞬の交錯で二連撃を叩きこまれている。

「最近の執事は暗殺までするのか？　俺じゃなかったら死んでいたぞ？」

カイムがヒラヒラと手を振りながら、呆れ返ったように肩をすくめて振り返る。

フォッシュベルの攻撃は完全に命を奪うつもりで放たれていた。試すどころか、命を奪うつもりだったに違いない。

「……貴方が弱者であれば死んでもやむを得ないと思っておりました。ミリーシア殿下の貞操を汚した男なのですからね」

「……それで、俺は合格で良いのか？」

「……殿下を、私達の姫様をよろしくお願いいたします」

フォッシュベルはどことなく寂しそうに言うと、足を引きずるようにして暗闇の廊下に消えていく。

カイムは目を眇めてその背中を見送り、ミリーシアの寝室に向かうべく身体を翻した。

「あ、カイムさん。遅かったですね」

寝室に到着すると、部屋の主であるミリーシアが華やいだ表情で出迎えてくれた。

ミリーシアの背後にはティーとレンカの姿もあり、準備万全で待ち構えている。

「ほんの小さなアクシデントがあってな……それよりも、そちらの方こそ何事だよ」

三人の姿を見て、カイムが訊ねた。

ミリーシア、ティー、レンカ……寝室で待ち構えていた三人が身に着けているのは、悩ましく官能的なデザインの寝間着だった。

否、それは寝間着というよりも、いっそ下着といった方が正確なのかもしれない。

三人が身に着けているのはいわゆる『ベビードール』という服だった。

それ自体は女性が使用する一般的な寝間着ではあるものの、上質なレースの生地がやたらと薄くて肌が透けて見えており、ヒラリとめくれ上がった裾の下からかなり危うい部分が覗いている。

色はミリーシアが赤色、ティーが紫色、レンカが黒色。いずれも酷く似合っており、まるで宝石のように輝いて見えた。

「前に三人でショッピングをした時に買ったんですけど、なかなか着る機会がなかったんですよね……ほら、野宿も多かったですし、雰囲気は大事でしょう？」

「……まあ、この部屋とは合っているよな。本当に」

皇女の寝室とセクシーランジェリーが妙にマッチしている。

ランプの薄明かり、テーブルの上で焚かれている香の匂いが否でも応でも情欲を掻き立ててきて、カイムは思わず生唾を呑んでしまった。

「フフフ、せっかく素敵なベッドがあるのですから、楽しまないといけませんの」

「明日はアーサー殿下との面会だからな……景気づけも大事だろう？」

ティーとレンカがカイムの手を引いて部屋の奥に誘導する。

そして……三人の美姫が横に並んで、広々としたベッドで横になった。

「人払いはしてありますので、お好きなようにお召し上がりください」

「ここにいるのはカイム様のための牝ですの。いくらでも抱いてくださいな」

「く、殺せ……なんてな。いつものようにイジメてくれると嬉しい」

ゴージャスなベッドにゴージャスな美姫。ここが天国だったのかと疑うような光景。

先ほどのフォッシュベルとの戦いのことなど、一瞬で頭から消えてしまう。

カイムは上着を脱ぎ捨て、上半身裸になってベッドに飛び込んだ。

「あんっ！」

最初に選んだのは、ベッドの中央にいたミリーシアである。

馬乗りになって跨ると、ミリーシアの口から甘ったるい嬌声が漏れた。

　カイムはベビードールの上からミリーシアの乳房を鷲掴みにして、ムニムニと柔らかさを確かめるように揉みほぐす。その無遠慮な手つきは自らの所有物を好き勝手に扱うような乱暴な手つきである。

「んっ……あっ……はあん。カイムさん、強いですよう……」

　そんな男の荒々しい手つきに、ミリーシアはむしろ嬉しそうに鳴いている。

　青い瞳をうっとりと潤ませて、カイムの頬に手を伸ばして愛おしそうに撫でた。

「嫌なら後回しにするか？　俺は別に構わないぞ？」

「意地悪ですね……これはもっとしてくださいってサインですよ……」

「そうか、それじゃあ遠慮なく」

「あんっ！」

　カイムが左右の乳房を掴んで、グニグニと円を描きながら揉む。

　初めて触れた時よりも不思議と柔らかい感触。ベビードール越しでもわかる張りと弾力はいずれも極上の一品である。

（もしかして、初めてやった時よりも胸がデカくなってるか？）

　わりと頻繁に抱いているので誤差の範囲内かもしれないが、初体験よりも少しだけ成長しているような気がした。

ミリーシアもまだまだ十代の少女。十分に成長の余地を残しているようである。

「はあ……んあっ。そこ……気持ち良いです……」

「相変わらず胸が弱いな。ここかすっかり硬くなってるじゃないか」

「んはあン！」

ミリーシアが顎を反らして鳴く。クリクリと固くしこった先端をベビードール越しにつまんでやったのだ。ここまで敏感に反応してくれると、とても触り甲斐がある。

カイムはそっと手を滑らせてベビードールの肩紐をずらして脱がせ、乳房を露出させた。せっかくの艶やかな下着を脱がしてしまうのは惜しい気もするので、完全に脱がさずに胸だけを取り出した。

窮屈そうに収まっていた乳肉が解放されてタプンと揺れる。豊かに実っているにもかかわらず、その乳房は横になってなお綺麗な丸みを維持していた。

綺麗な桜色のトップが白い肌の中、花のように鮮やかに咲き誇っている。カイムはそっと唇を寄せて、美しく咲いた花びらを口に含む。

「はあんっ！」

「んちゅ……れろ、クチュクチュ……」

カイムが乳首に舌を絡みつかせて吸い、反対側の乳房に手を這わして撫でまわす。

しばらくそうして責めてから手と口を交代。反対側の乳首に吸いついた。乳肉の柔らかさに汗がスパイスを利かせて極上の味わい。いつまでも吸って触っていられる乳房である。

「ああんっ……カイムさん、そんなに胸ばっかりしたらダメです……私のおっぱいが取れちゃいますよう……」

「胸がダメならどこなら良いんだ？　もしかして……こっちか？」

「ひあうンっ！」

熱っぽい声でのおねだりに応えて、カイムは空いていた左手を下半身へと滑らせる。

モジモジと恥ずかしそうに擦り合わされていた内腿を割り、張りのある太ももの感触を味わいながら滑り込ませる。

乳房を乱暴に責めていたのに対して、股間部分を責める指使いは繊細で優しいものを心がけておいた。

「ハアンッ……あっ、ん、はふう……そこ、気持ち良いです……」

しっとりと湿った脚の間を撫で、何とは語らないが浅い部分を掻き分けていると、ミリーシアが鼻にかかった喘ぎ声を上げる。

ミリーシアのボルテージがどんどん高まっていく。これまで身体を重ねてきた経験上、あと少しで絶頂してしまうだろう。

「フフフ……ミリーシアさん、可愛いですわ」

「姫様……お手伝いします」

そこで同じベッドの左右にいた二人が動いた。

ミリーシアの首や肩に吸いつき、カイムと一緒に責め出したのだ。

「あ、アンッ！　れ、レンカ⁉　ティーさんまでっ⁉」

「後がつかえているから、早く絶頂くと良いですの。次はティーの番ですわ」

「私ももう我慢できません。姫様、どうぞ気をやってください」

「ああっ！　そんなあ、そんなに一度に舐めてきたらダメですう……！」

ティーとレンカが一緒になってミリーシアの肌を撫でまわし、舌でペロペロと舐める。

カイムの愛撫によって茹で上がっていた性感帯はすでに限界。官能の彼方へと瞬く間に昇り詰めていく。

「あ、あああ……んはあぁあぁあぁああアアアアッ！」

三人から同時責めを喰らって、ミリーシアが顎を仰け反らせた。身体を弓なりにして、両脚をガクガクと激しく震わせ、最高級のベッドを軋ませながら絶頂する。

しばし身体を痙攣させていたミリーシアであったが、やがて脱力してベッドに沈んだ。

股間部分を愛撫していたカイムの指はすっかり濡れてしまっており、いかにミリーシアが快楽を感じていたかを物語っていた。

「まだ前戯だっていうのに気絶したな。やり過ぎたんじゃないか？」

「仕方がありません。姫様が寝ている間、私がお相手しよう」

レンカが右側から抱き着いてきて、黒のベビードールに包まれた身体を押しつけてくる。

ミリーシアよりも一回り大きな乳房が形を変えた。

「あ！　レンカさん、ズルいですの！　次はティーが予約済みですわ！」

「フッ、ここは早い者勝ちだな。何故なら、この城は私達のホームなのだから」

「関係ありませんの！　カイム様から離れるですの！」

対抗するように、ティーも左側から抱き着いてきた。

紫色のベビードールに包まれた、レンカよりもさらに大きな乳房が二の腕を包み込む。

「ケンカするなよ。ちゃんと順番に可愛がってやるからよ」

「ひゃんっ！」

「ああんっ！」

カイムが左右から抱き着かれたまま、器用に二人の尻を掴んだ。

胸に負けず劣らず柔らかい尻肉に五指を喰い込ませ、二人の唇に交互にキスを落とす。

「心配せずとも、今日は手加減をしてやるつもりはない。嫌というほど抱いてやるから覚悟しておけ！」

故郷を旅立ち、国境を越え、帝国を旅してようやく皇城にたどり着いた。

どうやら、カイムも待ちに待ったこの日にかなり昂っているようである。アーサーと顔を合わせる前に、胸の奥に燻っている炎をぶつけておきたかった。

「ガウウウウウウウウウウウウッ！」

「くはああああああああああァッ！」

ミリーシアの寝室に二人の嬌声が響きわたる。

もしも事前にミリーシアが人払いをしていなければ、声を聞いた騎士や使用人が大勢駆けつけていたに違いない。

その後、カイムは回復したミリーシアも含めた三人を代わる代わる抱いて、皇城でのゴージャスな一夜を堪能したのであった。

第六章　覇者の皇子

アーサー・ガーネット。御年二十七歳。

帝国第一皇子であるその男は戦場でその生を受けた。

アーサーの母親は皇帝の妻にして皇妃だった。

皇帝の名代としてとある小国へと慰問に訪れていた彼女であったが、突如として勃発した内乱に巻き込まれてしまう。

戦乱の渦中に巻き込まれた皇妃は帝国に帰ることもままならなくなり、一年以上も戦場と化した小国に滞在することになってしまった。

そして……皇妃は一人の子を戦火の中で産み落とした。それがアーサーである。

戦場で生まれたアーサーはその出生に違うことなく、卓越した武人として育った。

武人としては鬼才。軍学や帝王学にも深く理解を示しており、次代の皇帝として申し分のない素質を幼い頃から示している。

　そんなアーサーであったが……いまだに皇太子には任じられていなかった。

　正妃の息子……それも第一皇子。皇帝としての才覚もあるとなれば、皇太子への任命を妨げるものはないように思えたが……アーサーには大きな欠点があったのだ。

　それは巨大すぎる支配欲。圧倒的な闘争本能。

　アーサーは帝国の次期皇帝という地位には満足していなかった。それよりもさらに上……大陸の覇者を志していたのである。

　戦場で生を受けたことが原因か。それとも、戦乱の覇者である初代皇帝の血を色濃く受け継ぎ過ぎたのか。

　アーサー・ガーネットは戦を好む戦闘狂となって育ち、皇帝となって他国に侵略戦争を仕掛けることを目論むようになったのである。

○　○　○

　そして、来たるべき兄妹の再会の時が来た。

　ミリーシアを先頭に一行は皇城の廊下を歩いていき、城の奥にある一室へとやってきた。

　本来は皇帝が執務をするためのその部屋では、病床の部屋の主に代わって第一皇子であるアーサーが執務をしているとのこと。

「ミリーシア皇女殿下、お待ちしておりました」

執務室の扉の前に控えていた騎士達が恭しく頭を下げる。

「アーサー殿下がお待ちです。どうぞお入りください」

「…………」

どうやら、ミリーシアの来訪を騎士も聞かされているようだ。扉を開けてくれて、ミリーシアを中に通す。

レンカはともかくとして、同行してきたカイムとティーは止められるのではないかと思ったが……問題なく部屋の中に通してくれた。

「……失礼いたします、ミリーシアです」

「ああ、よく来たな」

部屋の奥にいる男が短く答えた。執務室に足を踏み入れると、そこには数人の男性がいた。

先ほど返事をした男が正面の机で書類に向かって作業をしており、その左右にある隣の机では補佐らしき文官風の男が同じく書類仕事をしている。壁際には護衛らしき騎士が立っており、威圧感のある視線をカイムらに向けてきていた。

正面の机にいるのは二十代半ばほどの年齢の若い男である。

無駄のない筋肉を全身に付けており、巌のような印象を受ける大柄な男だった。机に向かってデスクワークをしているよりも、剣を振るっている方がはるかに似合いそうだ。

この男こそがアーサー・ガーネット。

次期皇帝の椅子にもっとも近い男。ミリーシアの長兄なのだろう。

「戻ったか」

妹が会いに来たというのに、男は机に落とした視線を上げることもせずに口を開く。

「侍従が心配していた。長い旅行だったな」

「……はい、ご迷惑をおかけしました」

緊張した面持ちでミリーシアが答えた。覚悟を決めてここに来たはずの彼女の額には玉の汗が浮かんでおり、いかに気を張っているのかが傍目にも伝わってくる。

「構わん。どうせランスが手引きしたのだろう？　奴の悪戯にも困ったものだな」

「…………」

「それと……そちらの客人にも迷惑をかけたことを謝罪しよう。後で十分な謝礼を用意するので受け取ってくれ」

「……フン」

アーサーの謝罪に……否、謝罪のように取り繕った「許せ」という命令にカイムは鼻を鳴らした。

（なるほど……強いな）

単純な腕っ節の強さではない。アーサーの全身からは自信がにじみ出ており、我こそが頂点に君臨する者だと疑ってもいない強者のオーラを纏っている。

他者に命令することが日常となっており、初対面の相手であろうが自然体で見下すことができる……まさしく『覇者』であった。

（この男ならば、他国に攻め込むことくらい平気でやってのけるだろうな。もしかすると、大陸統一だって成し遂げるかもしれない。その過程でどれほどの屍山血河が築かれようとも、髪の毛ほども心を痛めることはないだろう）

敵も味方も、戦場で無数の骸を積み重ねることを躊躇わない。

命を軽んじているのではなく、世界中の恨みと憎しみを背負うだけの覚悟を持っている。

時代の英雄か、はたまた歴史的な暴君か。どんな形であるにせよ……目の前の男は何らかの爪痕をこの時代に刻むはずだ。

（覇者の国の主としてはふさわしいのだろうが……友人になれるタイプではないな）

「謝罪する気があるのなら、こちらに顔くらい向けるべきじゃないのか？　目玉が机に張り付いているわけじゃないんだよな？」

「カイムさん！」

「…………！」

揶揄するような口調でカイムが言うと、ミリーシアが慌てたように声を上げる。

同時に、部屋にザワリと殺気が生じた。殺気を放ったのはアーサーではなく、壁に控えている護衛の騎士である。目の前で主君を侮辱され、剣に手を掛けていた。

「控えよ」

しかし、アーサーが机から顔を上げて、短く言葉を発した。瞬間、部屋を満たしていた殺気が霧散する。

騎士がビクリと肩を震わせて、柄を握りしめていた手を離す。

「……一瞬で散らしたか、やるな」

カイムが感嘆の声を漏らす。

左右の騎士はそれぞれが武芸を極めた精鋭に違いない。それを一言で威圧して、殺気を消し去って見せた。並の胆力でできる所行ではあるまい。

支配者としてだけではなく、戦士としてもかなりの腕前であることがわかる。

「そちらもやるではないか。予の殺気を受けて汗一つかかぬか」

そして、アーサーもまたカイムに対してそんな評価を口にする。

先ほどの威圧はカイムらにも向けられていた。ミリーシアはビクリと身体を震わせて顔を青ざめさせており、レンカやティーでさえも緊張に表情を硬くさせている。威圧を意に介していないのはカイムだけだった。

「何らかの武芸の達人か？　帯剣はしていないようだが、武器を使わぬ格闘家か？」

「さあな。無条件で説明してやるほど親しくなった覚えはねえよ」

「…………」

「…………」

カイムとアーサー。

立場はまるで違うものの、両雄は黙り込んだまま見つめ合う。しばし無言のまま視線を交わしている二人であったが……やがてアーサーが鼻を鳴らして口を開く。

「気に入った。ミリーシアに雇われたそうだが、今この時より予に仕えろ。ふさわしい地位を用意してやる。そうだな……侯爵位でどうだ？」

「なっ……!?」

アーサーがカイムに向けて放った言葉に、部屋にいるほぼ全員が驚きの表情をした。

帝国において、皇族に次ぐ最高位の爵位は『公爵』である。しかし、公爵になることができるのは臣籍降下した皇族のみ。『侯爵』は皇族以外では最高の地位といえるだろう。
それを出会ったばかりの素性の知れない人間に与えるなど、とてもではないが正気の沙汰ではなかった。

「不服ならば公爵でも構わんぞ？　現在の法に背くことにはなるが……そうだな、ミリーシアを娶らせて皇族の配偶者にしてやれば道理は通るだろう」

「ええっ⁉」

さらなる譲歩にミリーシアが顔を赤くして叫ぶ。
もちろん、ミリーシアもいずれはカイムを伴侶にと考えていたものの、それを直接的に兄の口から言われるとは思ってもみなかったのだ。

「貴様は予の剣となって働け。ミリーシアはランスではなく予を皇帝として認めて、補佐をしろ。お前は大した力は持っていないが、民からの人望はあるからな。予が上手く使ってやろう。つまらぬ企みは捨てろ」

「それは……！」

「どうせランスと争わないように説得にきたのだろう？　それは不可能だ。すでにお互い、剣は抜いている。今さら言葉では止まらぬ。おとなしく勝ち馬に乗って、その男と添い遂げれば良い。反対する者がいたら潰してやるから素直に従っておけ」

「……気づいていたのですね、私が会いに来た理由に」

「この情勢下だ。他にはあるまい」

アーサーがまっすぐ、射貫くような鋭い視線を妹に向ける。

「ランスも皇城を出て東に逃れ、挙兵の準備をしている。無論、予も討伐軍を差し向けるつもりだ。もはや戦争は避けられぬ」

「ランス兄様は私が説得してみせます。ですから、どうか矛を収めてください」

「無理だな。できもしないことを軽々しく言うな」

「無理だなんて……！」

「不可能なのだよ。ランスは滅多なことで牙を見せぬ男だが、振り上げた拳をタダで下ろすほど惰弱ではない。反逆のために兵士を集めておいて、あっさりと挙兵をやめるような優柔不断なことをすれば、臣下からの支持を失うことになる。奴もまた引き下がれぬところまできているのだ」

「そんな……！」

有無をいわせず放たれる断定に、ミリーシアが表情を歪める。

否定することを許さない言葉の数々は、いずれもミリーシアを的確に貫いていた。

アーサーはミリーシアが来室した理由を予想した上で、完全に論破して見せたのである。

「『だったら、ランス兄様に味方する』……などと口にしてくれるなよ。特に理由はないが、面倒だ」

「…………」

「貴様が命を捨てれば、貴様に従うものの命運もまた尽きることになる。情で臣下の命を左右させるな。ランスと戦いたくないのであれば、戦いが終わるまで隠れて静観していれば良い。予に妹を殺させるなよ」

「アーサー、お兄様……」

ミリーシアが弱々しく呻く。アーサーを説得するためにきたはずなのに、反論も許されず一方的に説き伏せられてしまった。

完全な独壇場。兄妹喧嘩にすらもなっていない一方的な展開である。

「…………」

ミリーシアは押し黙り、唇を噛むしかできなかった。

ミリーシアに思いが足りなかったというわけではないだろうが……とっくに弟を斬る覚悟を決めているアーサーを言葉で止めることはできなかった。

話し合いはすでに終わっていた。この場にいるのが、ミリーシアだけだったのであれば。

「いや、俺を放っておいて勝手に話を進めるなよ。不愉快だぞ」

「ム……？」

「カイムさん……？」

カイムが不快そうに声を発した。

アーサーとミリーシアの視線がカイムに集中する。

「俺はお前の手下になるなんて言った覚えはないぜ。公爵にする？　ミリーシアを娶らせる？　どっちもお断りだな」

カイムは『毒の王』。すでに王なのだ。

誰かに一方的に命令されて、運命を握られるなどまっぴら御免である。

「ミリーシアはとっくに俺の女だ。お前に与えられる筋合いなどない。それに金や地位が欲しかったら自分で手に入れる。初対面の相手に施される覚えはないんだよ」

「……予の提案を蹴るということか？　それがどういう意味だか理解しているのか？」

皇帝が臥せっている情勢下において、アーサーはこの城の最高権力者。敵対すれば、全ての騎士が一斉に敵となるだろう。

そのことに気づいていながら、カイムは中指を立ててハッキリと宣言する。

「俺の返答は簡単だ。『気に入らないならかかってこい』……以上だ」

「無礼な！」

「アーサー殿下に何ということを……！」

小馬鹿にするようなカイムの口調に護衛として控えていた帝国兵士がいきり立つ。

腰の剣に手を伸ばして一触即発になる兵士であったが……瞬間、カイムの身体から濃密な殺気が放たれる。

「五月蠅せえ、雑魚は引っ込んでろ」

「…………！」

カイムが鋭い恫喝を口にする。それだけで兵士が凍りついたように動きを止めた。

臆したわけではない。彼らは帝国のため、そしてアーサーのためならば命すら捨てることを厭わない忠臣である。

たとえ勝機ゼロの圧倒的強者が相手であったとしても、彼らは果敢に剣を向ける……そのはずなのに。

「ッ……！」

だが……そんな帝国兵士が立ちすくんで小刻みに震えている。カイムはただ睨みつけているだけだというのに、先ほどのアーサー以上の威圧感を身に纏っていた。

「ほお……気を放っただけで護衛を竦ませるとは、予想以上にやってくれるではないか」

アーサーが感心したように顎を撫でる。カイムに睨まれた兵士が凍りついたように動きを止めているのは、純粋にして純然たる殺気を浴びせられたからだった。

いかに勇敢な兵士であれど、カイムの殺気を浴びてしまえば本能で悟ってしまう。相手が生態系において自分達の上位に立つ存在であると。

『蛇に睨まれた蛙』という言葉があるが……生物はどうしようもない天敵を目の前にすると身動きすらできなくなってしまう。戦うことはおろか逃げることさえ不可能になってしまい、生きることを諦めてしまうのだ。

「それくらいにしておいてもらえるか。そんなに睨まれては予の兵士が死んでしまう」

「フン……」

「カハッ……！」

カイムが殺気を解くと、兵士が膝をついて荒い息をつく。あのまま殺気を浴びせ続けていれば、肉体が殺されたと錯覚して生命活動そのものを停止させていたことだろう。

「ミリーシア、お前はそれでいいのか？」

「え……？」

カイムが呆けたような顔で突っ立っているミリーシアに問いかける。

「お前は覚悟を決めてここに来たはずだ。道中、考える時間はたっぷりとあった。くだらん説教で失われるほど、お前の覚悟は生温いものだったのか？」

「…………！」

「言ってやれよ。俺はそんな弱い女に惚れた覚えはないぞ」

「はい……わかりました。カイムさん！」

カイムの言葉に活を入れられ、ミリーシアが顔を上げた。先ほどまでは反論もできずに気圧されていたというのに、今度は真っ向から兄のことを睨みつける。

「アーサーお兄様、貴方に申し上げることがあります」

「……言ってみろ」

「貴方は次期皇帝としてふさわしくはありません！　戦争を望み、帝国に混乱をもたらそうとしている貴方を皇帝と認めることはできません！」

ハッキリと、きっぱりと断言した。

第一皇子である兄に対して、公然と失格の烙印を押して見せた。面と向かって喧嘩を売るようなことは、アーサーと対立している第二皇子ランスでさえしなかっただろうに。

「……言ってくれるではないか。何も力を持たぬ皇女の分際で」

「私は何もできぬ女ですが、女であるがゆえにできることもありましょう」

「そんなお前の目から見て、俺という男は皇帝にふさわしくないわけか……面白い」

瞬間、アーサーの気配が膨れ上がる。先ほどのカイムと同じように、これまで隠していた殺気を解放したのだ。

「それで？　俺が次期皇帝にふさわしくないというのなら、どうするつもりだ？」

「……ランスお兄様に味方をして、皇帝になっていただきます。今より私達は敵同士というわけです」

「そうか、そうか。なるほどな……舐めるなよ？　それを宣言した貴様がこの城から生きて出られると思っているのか？」

アーサーが執務机を拳で叩いた。すると扉が開いて兵士が部屋になだれ込んできて、カイム達を包囲する。

素早くも静かな動き。カイムの殺気に怯えて身動きが取れなくなっていた兵士らよりも、明らかに格上の騎士のようだ。

「大言壮語を吐くのは結構。妹の成長は誇らしいものだ。しかし……その言葉を口にするだけの力がお前にあるかな？」

「私にはありません。しかし、私の夫になるべき方にはそれがあります」

「ほう？」

アーサーが興味深そうに目を細めて、同時にカイムが拳を握る。

「おおむね予想通りの展開だな……交渉決裂すると思っていたぜ」

カイムは苦笑しながら、体内の魔力を練り上げる。

アーサーを一目見たときから、こうなることはわかっていた。

この男は言葉で止まるような人間ではない。善人か悪人かは知ったことではないが……

アーサーには信念と野心がある。納得させるのであれば力ずくで折るしかない。

「弱肉強食。強い者が正しい……それがお前の正義だというのなら、わかりやすくて結構なことじゃないか。腕っ節で解決できる問題は俺も大好きだよ」

「自分にできないことは夫にやらせる……確かに女の武器だな。予には不可能なやり方だ」

全身から魔力と闘志をほとばしらせるカイムを見て、アーサーは苦笑した。

カイムの身体から放出される魔力量は一般的な魔法使いの十倍以上。圧倒的な力の奔流を目の当たりにしながら、アーサーの目には恐怖の色がまるでない。

先ほど殺気をぶつけた時にも怯んだ様子はなかった。目の前の皇子は地位だけではなく、かなりの修羅場をくぐっているのだろう。

「それでは、見せてもらおうか。お前が選んだ男の力とやらをな！」

「そうするさ。存分に堪能しやがれ！」

帝国兵が一斉に跳びかかってくる。

カイムは毒の魔力を身体に纏わせ、鞭のように足をしならせた。

「フッ！」

「ぐわあっ⁉」

騎士が鋭い蹴撃を受けて吹き飛ばされる。屈強な騎士は床を転がりながらも立ち上がろうとするが……そのまま突っ伏して、動かなくなった。

死んではいない。麻痺性のある毒の魔力を浴びて、身動きが取れなくなったのだ。

「なるほど、面白い技を使う」

倒れている自分の配下を見下ろし、アーサーが興味深そうに目を細めた。

「圧縮した魔力を纏って戦う格闘術。己の身体を極限まで研ぎすまし、武器を必要としないその技は『闘鬼神流』。東方に伝わる武闘術か。それにその魔力は……呪いの類か？見たことのない魔法だ」

「慧眼だな。しかし……この状況で、少し暢気すぎるんじゃないのか？」

敵を前にして逃げもせずに分析しているとは、勇敢を通り越して愚かである。

アーサーとランス。二人の皇子の争いを止めたいカイムとしては、ここでアーサーを亡き者にしてしまうのがもっとも簡単な手段なのだ。

（いっそのこと、本当にこのまま殺ってしまうか……？）

などと頭によぎるカイムであったが、さすがに兄が目の前で殺されるのはミリーシアも望んではいないだろう。平和のために兄と争う覚悟を決めたとはいえ、ミリーシアが善良な性格の人間であることに変わりはないのだから。

「とりあえず……再起不能に折らせてもらおうか！」

カイムが床を蹴り、アーサーめがけて飛びかかった。

そのまま毒と打撃によって叩き潰してやろうとするが……直前、アーサーの前方に半透明の壁が出現して、カイムが放った拳を受け止める。

「……………！」

「気が早いわねえ。そんな簡単にキングを取らせる私達じゃないわあ」

耳朶を震わせる女性の声。

まるで虚空からにじみ出るようにして、アーサーの傍らに二人の人物が現れる。

「ガウェイン将軍。それに、大賢者マーリン……まさかアーサーお兄様の『双翼』が揃って現れるだなんて……！」

ミリーシアが畏怖を込めた声で彼らの名前を呼ぶ。

どこからか転移してきたのは鎧を着た大柄の男性。そして、いかにも『魔法使い』といった三角帽子に、下着のような官能的なドレスを着た女性である。

女性がカイムの顔を見て、面白そうに唇を吊り上げた。

「愉快ねえ。ここまで予想外の事態が続くだなんて、久しぶりだわあ。このタイミングでミリーシア殿下が現れて、おまけに『毒の女王』と同じような魔力を使用する男まで連れてきて……私の『ラプラスの予言』がここまで外れるなんて、どれほどのカオスが積み重なったのかしらあ?」

「……誰だ、お前は」

「『左翼』のマーリン。ここにいるアーサーの側近よ。大賢者……あるいは『予言者』なんて呼ぶ人間もいるわね」

どうやら、見た目の通りの魔法使いであるらしい。先ほど、カイムの攻撃から守った半透明の壁は彼女が生み出したバリアーなのだろう。

「そして、こっちにいるのが『右翼』のガウェイン。アーサー殿下配下の兵士を統括している将軍よ」

「…………」

アーサーを守っていた半透明の壁が消えて、黒鎧を着た男が一歩前に進み出てくる。

途端、カイムの肌を刺すような威圧感が包み込む。

(強い……!)

一瞬の対峙。目を合わせただけで理解する。ガウェインと呼ばれていたその男が類いまれな達人であることを。

大柄で屈強な肉体は数えられない敵を打ち倒し、仲間の屍を踏み越え、傷を負いながら歩き続けることで鍛え上げられたのだろう。

ひとたび腰の剣を抜けば、目の前にいる敵は残らず両断されるに違いない。

(格闘家と剣士という違いはあれど、『拳聖』に匹敵する戦士に違いないな。敵のホームで闘るのは分が悪いか?)

「仕方がない……今回のところは引いておくか」

「……逃がすと思っているのか? アーサー殿下に敵対することを口にしておいて」

初めて、ガウェインが口を開く。全身鎧の奥から響いてくる声。重厚感のある低音が決して逃がさないと告げてくる。

「ティー、退路を作れ。レンカはミリーシアを。殿は俺が務めよう」

「わかりましたの」

「……承知した」

「よし……行け!」

カイムが合図を出すと仲間達が一斉に動き出した。ティーを先頭にして、来た道を引き返して皇城を逆戻りする。

　幸い、この部屋にいた騎士はカイムが蹴散らしていた。他の騎士や兵士が集まってくるよりも先に逃げることができれば、捕まることなく城を出ることができるだろう。

「カイム様もどうかお気をつけて……！」

　レンカに連れられたミリーシアが必死な表情で言ってくる。カイムは振り返ることなく右手を上げながら、視線は目の前にいるガウェインから逸らさない。

（これで仲間を巻き込むことはない……全力を出して大丈夫だな）

　遠慮することなく、思う存分に戦うことができるだろう。

「さあ、闘ろうか」

　カイムは好戦的に牙を剥いて眼前の敵を睨みつけた。

　全身から膨大な魔力を発して、身体の表面で圧縮させる。

『毒の女王』から引き継いだ魔力は、その気になれば城を吹き飛ばせるほどの量があった。それを鎧のように纏ったカイムの姿は人界に降臨した魔神のようである。並の精神の者であれば、目にしただけで戦意が挫かれてしまうだろう。

「…………」

　しかし、ガウェインの顔に臆した様子はない。

　それどころか、腰から抜いた黒剣の先端をわずかに揺らす様子もないのだから、どれほどの胆力を有しているのか目を疑うほどである。

（本当に大した戦士だな……じっくり戦うことができないのが残念になってくるな）

本来であれば時間をかけて戦いを愉しみたいところだったが、ミリーシアらが先に逃げている。早めに追いかけなければいけない。

「紫毒魔法――【喰らう毒竜】」

「おお……！」

「これは……！」

カイムが両手を蛇の顎のように構えた。両手の間に魔力が集約していく。噴火直前の火山のような破壊力を感じ取ったガウェインとマーリンが主君の前に立って盾となる。

「フッ！」

カイムの両手から放たれた猛毒の魔力が竜のような形状となって敵に襲いかかる。

莫大な魔力を込められたその一撃はまさに必殺。骨も残さずに溶かしてしまうほど強力な酸性の猛毒だった。

「最上位防護魔法【アイギスの盾】！」

しかし、マーリンが杖をかざすと、三人の前方に魔法陣の円環が出現して盾になる。

光り輝く魔法の盾と毒の龍が正面からぶつかり合い、ギチギチと金属をこすり合わせるような不快な高音が鳴り響く。

「おいおい、マジか……！」

カイムは表情を歪めた。今のカイムが使うことができる最高威力の紫毒魔法だというのに貫けない。

これほど固い障壁を一瞬で構築できる魔法使いが存在するとは思わなかった。

「ちょっとお……嘘でしょお？」

一方で、防壁を出したマーリンもまた表情を歪めている。

彼女が使用した防護魔法はありとあらゆる攻撃を弾き、撥ね返すというもの。それなのに……カイムのゴリ押しに力負けしており、打ち返すことができなかった。

「ッ……！」

「んんっ……！」

衝突した二つの魔法が数秒の均衡の後、強烈な衝撃波を生じさせた。

破裂した毒の竜が霧散して紫色のガスとなり、辺り一面に広がっていく。

「フッ！」

瞬間、カイムが力強く床を蹴った。姿勢を低くして床を滑るように駆ける。

紫色の霧に身を隠すようにしてアーサーに接近して、圧縮魔力で作った刃で斬りつける。

「闘鬼神流――【青龍】！」

「…………！」

遅れて、アーサーがカイムの攻撃に気がついた。身構えて防御しようとするが……わずかに間に合わない。魔力の刃がアーサーの胴体に肉薄する。

「ヌウンッ……！」

「ッ……！」

しかし、割り込んできた黒鉄の剣が魔力の刃を受け止めた。

不意を突いた一撃を防御し、主人を守ってみせたのは漆黒の鎧に身を包んだ騎士――ガウェインである。

「迅いが……あまりにも直線的過ぎるな。天性の才覚に経験が足りていないようだが、師が早逝したか？」

「……耳に痛いことを言ってくれるじゃねえか。何も知らないくせによ」

攻撃を止められただけではない。たった一合の斬り合いの中で、ガウェインはカイムの技の欠点を見抜いていた。

カイムは見よう見まねの独学で闘鬼神流を会得して、『毒の女王』と融合したことで眠っていた才覚を開花させている。まともに技を教えてくれた師匠がいないため、格上の相手との実戦経験が圧倒的に足りていなかった。

（相手は格上の武人。おまけに、同等レベルの魔法使いまでいやがるとは笑えない……！）

「闘鬼神流――【応龍】！」

死中に活あり。カイムはあえてガウェインとの距離を詰めて、一気に決着を付けることに決めた。

カイムの選択は間違っていない。多勢に無勢の状況、武器と素手のリーチの差を考えれば、合理的な判断と言えるだろう。

「ヌッ……！」

「ッ……!?」

しかし、予想外だったのはガウェインの力量である。

ガウェインはカイムの打撃を避けることなく、鎧の胸部分で受け止めた。

【応龍】は掌底によって相手の体内に衝撃をブチ込み、身体の内側から爆散させる技である。いかに固い鎧に身を包んでいたとしても、装甲を貫通して威力を通すことができるはずだった。

しかし、ガウェインは強く両足を踏みしめて攻撃を受け止め、とんでもなく卓越した重心操作によって衝撃を地面へ受け流した。皇城の床が大きくひび割れて破壊されるが……

肝心のガウェインに目立ったダメージはない。

「フンヌッ！」

「チッ……！」

ガウェインが黒剣を振り下ろしてきた。

攻撃を視認するよりも先に、カイムはバックステップで後退する。最速で回避したはずだったのだが、カイムの右肩から腰に掛けて袈裟懸けの裂傷が刻まれた。

「剣は避けたはずだが……魔力か！」

ガウェインは黒鉄の剣の表面に濃密な魔力をまとわせていた。おそらく、闘鬼神流にも届きうる練度の圧縮魔力を。

実体のある剣は避けることができたものの、その表面に纏っていた魔力の斬撃まで躱すことはできず、手傷を負ってしまった。

「……魔狼王と戦っていなかったら、胴体を両断されていたかもな」

カイムが傷口を撫でて、身体から流れた血を払う。

斬られたのは服と皮一枚のみ。見た目の出血ほどダメージはなかった。

ギリギリではあるが回避が間に合ったおかげだ。帝都に来るまでに魔狼王という格上の敵と戦闘して、能力が底上げされていなかったら終わっていた可能性もある。

「あらあら、私を忘れてないかしらあ？」

どうにかガウェインの斬撃を避けたカイムであったが、相手は黒鎧の騎士だけではない。

ローブを身に纏った魔女……マーリンが悪戯っぽく笑って魔法を発動させた。

カイムの足元から植物の蔦が生えてきて手足に絡みつく。強制的に膝をつかされ、身動きが封じられてしまった。

油断をしたわけではなかったのだが……ガウェインの一撃を受けたばかりで魔法まで避ける余裕がなかったのだ。

「クソ、これはさすがに厳しい……！」

「無理であろう。詰みのようだな」

蔦を引きちぎろうとするカイムへとアーサーが決着を告げる。

淡々とした口調で言い放ち、腰の剣を抜き放ってカイムの首に突きつけた。

「悪くはなかった。むしろ、よくぞ我が両翼を相手にここまでやったと褒めてやりたいくらいだ……しかし、判断を間違えたな」

「……何の話だよ、ミリーシアの側についたことが間違いだったとでも言いたいのか？」

「他人の色恋沙汰に口を挟むつもりはない。間違っていたのは、お前が仲間を逃がすための殿になったことだ」

アーサーは廊下の奥に目を向ける。

廊下にはいまだ毒の霧が立ち込めている。帝国騎士が何人も倒れている廊下には、すでにミリーシアらの姿はない。レンカとティーと一緒に逃げおおせている。

「ミリーシアが予に勝利することができるとすれば、貴様という持ち駒があってのことだった。それなのに、切り札となる戦力の貴様がもっとも危険な役割を引き受けるなど不合理極まりないことだ。逃げるための時間稼ぎはレンカか、あの獣人の女にでもやらせるべきだったのだ」

「………………」

「女への情けで目を曇らせたようだな。王道とは即ち合理の追求である。情に流されるような軟弱者に勝てるほど戦は甘くはない」

「……言ってくれるじゃねえか。側近に守られていただけのくせによ」

アーサーの言葉は正しいのだろうが、カイムにとっては受け入れがたいものである。

カイムの人生の目標の一つは、心が通じ合える家族を手に入れること。

幼い頃から父親に虐待されて、双子の妹と険悪な関係だったカイムにとって……それは絶対に曲げることのできない魂の願い。

仲間を、恋人を犠牲にして自分が逃げるという選択肢はなかった。

（情に流されているつもりはない……あの三人は俺にとって、心臓に等しい存在。切り捨てるという発想がないんだよ……）

その思いを口にすることなく、カイムは黙ってアーサーを睨みつけた。

アーサーもまたカイムを見下ろしていたが……やがて小さく溜息を吐く。

「……それが貴様の信念だというのならば好きにすればいい。我が妹の夫、予にとっては義弟ということになるか？　このまま大人しく投降するのであれば命までは取らぬ。貴様を押さえればミリーシアも自分から戻ってくるだろう」

「……寝言は寝て言え。以上だ」

「残念だ」

「…………」

カイムはアーサーの隙を窺うが……剣を突きつけてくる皇子の左右には『両翼』が並んで立っていた。

カイムが蔦の拘束を千切り、反撃に転ずるまで少なくとも一秒はかかる。地上最高峰の戦士と魔法使いを相手にこの場を切り抜けるには、永遠ほどに長い時間だった。

（これは……使うしかないか……）

魔狼王と戦った時以上に死を間近に感じる。カイムは切り札を出す覚悟を決めた。

闘鬼神流秘奥の型――【蚩尤】。魔狼王を打倒した奥義であれば、あるいはこの状況を切り抜けることができるかもしれない。

（ガウェインとマーリン……それぞれが魔狼王にも匹敵する強敵。正直、この技を使ったとしても勝てる自信はない……）

だが、使わなければ死ぬ。命を懸けるのならば死力を尽くしてからにするべきである。

「…………!?」

しかし……奥義を発動させる寸前、カイムはそれに気がついた。

膝をついてアーサーを見上げていたため、偶然にも『彼女』が視界に入ってきたのだ。

（コイツ……いつからそこにいやがった!?）

誰かが天井に貼りついている。細身の影である。影のような黒い衣装を身に纏っており、この場にいる幾人もの猛者に存在を覚られることなく息を潜めていた。

カイムに感づかれたことに、『彼女』も気がついたのだろう。これ以上、身を隠しておく必要はないとばかりに動き出した。

「首を狩るわ」

天井を蹴って、その女は頭上からアーサーめがけて襲いかかった。首の後ろで結ったネイビーブルーの髪がフワリと揺れる。

『首狩りロズベット』

指名手配中の犯罪者であり、帝都に来るまでの道中でカイム達が出会った殺し屋が白いナイフを振（ふ）り下ろした。

「ムウンッ⁉」

頭上からの襲撃者（しゅうげきしゃ）に、直前でアーサーは気がついた。カイムに向けていた剣を掲（かか）げて、肉薄する斬撃を受け止める。

確実に殺せるタイミングの不意討（ふいう）ちを防いでみせたのはさすがというしかない。

しかし、ロズベットはすぐさま反対側の手でナイフを抜いて横薙（よこな）ぎに振るった。

鋭い斬撃がアーサーの首に赤い線を刻みつけ、一瞬遅（いっしゅんおく）れてビシャリと床に血が飛び散る。

「殿下ッ⁉」

「何奴（なにやつ）！」

何の前触（まえぶ）れもなく現れた襲撃者にマーリンとガウェインが焦（あせ）った声を上げた。

守るべき対象に、絶対に傷ついてはいけないはずの帝国（ていこく）皇子に暗殺者の毒牙（どくが）が向けられている。彼らはアーサーを守るべくすぐさま動き出した。

「【大いなる女神の御手（グレーターヒール）】！」

「殿下から離（はな）れよ！」

マーリンが魔法でアーサーが負った傷を癒す。首に負った傷はそれなりに深い。頸動脈にまで達していたが、一瞬で傷口が塞がった。

ガウェインがアーサーとロズベットの間に漆黒の剣を滑り込ませ、主君と暗殺者を強制的に引き剥がす。ロズベットが後方に跳び退いて、両手を床につく。

「チッ……仕損じたわね」

「見事である。殺し屋の女よ」

今まさに殺されそうになっていたアーサーがロズベットを称賛する。

「攻撃の直前まで、まるで気配を感じなかった……相当な手練れと見た。お前もミリーシアの仲間か？」

「何を言っているのかわからないわねえ。私は殺し屋、依頼されたら首を落とすだけよ」

「依頼人はランスか？　それとも、他国の人間か？」

「依頼人を教えるわけないわ。だけど……ランスという皇子もターゲットに入っていることくらいは教えてあげる」

ロズベットは両手のナイフを回して、好戦的な笑みを顔に浮かべた。

「情報料は貴方の命でいいわよ。安い首でしょう？」

「させるものかよ。我らの姿が見えぬのか？」

ガウェインがアーサーを庇うように前に出た。

兜の奥から主君の敵を睨みつけ、黒剣をロズベットに向けて振り下ろそうとする。

「【麒麟】」

しかし、そこでカイムが動いた。

ロズベットの襲撃によって生じた混乱をついて拘束を引き千切り、ガウェインめがけて圧縮した魔力を放つ。剣の腹に衝突した一撃がガウェインの剣を鈍らせ、その隙にロズベットがナイフで鎧の隙間を狙う。

「腕をもらうわ」

「させないわよお！」

もちろん、それをさせるマーリンではない。魔法の盾がガウェインを守って斬撃を防ぐ。

「ハアッ！」

「ッ……！」

ナイフによる攻撃が弾かれた隙に、傷を全快させたアーサーがロズベットに斬りかかる。

ロズベットはバク転をしながら斬撃を回避して、三人の敵から距離をとった。

「参ったわねえ、しくじったみたい」

ロズベットが唇を尖らせる。

本来であれば、天井からの一撃で仕留めるべきだった。そうしなければいけなかった。

しかし……アーサーの反応がロズベットの予想以上であり、一撃で命を刈り取ることができなかった。

こうなるとロズベットは弱い。彼女は暗殺者であって、騎士でも戦士でも武芸者でもないのだから。

「この場は退いて仕切り直したいところだけど……ねえ、何か良い手段はないかしら？」

「急に現れて仲間面かよ。まあ、こっちも助かったけどな」

ロズベットの横に並び、カイムが軽く肩を回す。

予想外の乱入によって窮地を脱することができたものの、形勢が不利であることは変わらない。ロズベットは味方というわけでもないので信用できず、目の前には一対一の戦闘でも手こずるであろう相手が三人。

おまけに、悠長なことをしていれば援軍の騎士や兵士がやってくるだろう。

「ミリーシア達ももう逃げただろうし……俺はここで引かせてもらう。次に会う時は戦場になるだろうから覚悟しておくと良い」

「逃げられると思っているのか？　我々がそれをさせるとでも？」

「逃げるんじゃなくて戦略的撤退と言って欲しいね……まあ、どっちも同じだけどな」

カイムは右手を軽く掲げて、指を構える。

アーサーが怪訝な顔をするが……横にいたマーリンはカイムがやろうとしていることに気がつき、目を見開いた。

「伏せなさあい！　爆発するわよお！」

「残念だが、毒はもう十分に拡散している……【死爆】」

カイムはバチリと火花が生じるほどの強さで指を鳴らす。

次の瞬間、皇城の廊下を激しい爆炎が包み込んだ。

「【大いなる守護天使の領域】！」

マーリンがすぐさま結界を張ってアーサーを守る。

ドーム状の障壁が爆炎からアーサー達を守るが……炎が消えた時には、カイムとロズベットの姿は煙のように消えていた。

「そうか……あの毒は可燃性のものだったか……」

いまだ立ち込めている黒煙の中、アーサーが眉間にシワを寄せて唸る。

カイムが放った魔法により、周囲に霧状の毒ガスが立ち込めていた。カイムは指を鳴らして火花を生じさせ、可燃性のガスに引火させて爆発を生じさせたのである。

「……申し訳ございません。アーサー殿下。どうやら、賊を逃がしてしまったようです」

ガウェインが重々しく報告した。

黒鎧の騎士の視線の先、廊下の窓ガラスが割れて破片が散らばっている。おそらく、ここから外に脱出したのだろう。

「あの女の正体も掴めないわねえ。驚いたわ、私の『ラプラス』が予想もしていないことがこうも連続するなんて」

「ミリーシアの天運か。それとも、あの男の力か？　どちらにしても……面白い」

思わぬ障害が生まれてしまったものだが、アーサーはむしろ愉快そうに相貌を緩める。

「これは予が皇帝となるための試練か？　帝国が大陸の覇者となるための通過儀礼か？」

ならば、全てを呑み下して進んでいかなければなるまい。

帝国こそが大陸を制覇する偉大なる大国であり、アーサー・ガーネットこそが世界の頂点に君臨する覇王なのだから。

番外編 囚われのレンカ

「クッ……ハア、ハア、ハア……」

石造りの牢屋の中、一人の女性が拘束されている。

鎖で両手を拘束されて、天井からぶら下がっているのは赤髪で引き締まった身体つきの美女だった。

女性は身体のあちこちに傷を負っており、たわわに実った乳房を隠しているのはボロキレのような服が一枚だけである。

「くっ……殺せ……」

震える声でつぶやいた彼女の名前はレンカ。大陸中央の覇者であるガーネット帝国に仕える女騎士であり、皇女ミリーシアの護衛役を任されていた。

しかし……レンカは現在、囚われの身。虜囚として拘束されており、厳しい尋問を受けている最中である。

「……いい加減に吐いたらどうだ？　仲間はどこにいる？」

牢獄の奥から尋問官が現れる。顔をマスクで隠した紫髪の尋問官がパシパシと鞭で掌を叩いて音を鳴らす。

「ッ……！」

鞭の音にレンカがビクリと身体を震わせるが、顔を上げて尋問官を気丈に睨みつける。

「わ、私が仲間を売ることは断じてない……諦めることだな」

「やれやれ……そんなに鞭が欲しいのならくれてやろう。喰らえ！」

「ンアアッ！」

尋問官が鞭を振るう。レンカの背中に赤いアザが刻まれ、甲高い悲鳴が上がる。

「くっ……ふ……あはあ……」

「クックック……これでもまだ口を割らないか？」

「う……話す、ものか……」

「そうか」

「キャインッ！」

再び、鞭が振るわれた。レンカが犬のように鳴いた。

鞭でぶたれたことにより、辛うじて肌を隠していたボロキレが吹き飛んだ。

下着すら身に着けていない肢体が露わになり、豊満なバストが尋問官の男の前にさらされる。

「クックック……女騎士様は随分と熟れた身体の持ち主のようだ。この乳を使って皇族の護衛にまで成り上がったのか？」

「や、やめ……触るな……！」

「ハハッ！　こんなに硬くしやがって、本当は触って欲しいんじゃないのかよ！」

「ううっ……」

尋問官が言葉で嬲りながら、レンカの胸を無造作に掴んで弄ぶ。

あまりの屈辱にレンカの目尻から涙がにじむ。絶対に泣くものかと心に決めていたというのに……そんな頑なな心がガラガラと崩れていく。

「どうした？　泣いているのか？」

「な、泣いてなど……」

「それとも、感じているのか？　男に嬲られて。鞭で叩かれて悦んでいるのか？」

「ッ……！」

その言葉を否定しようとして、言葉に詰まった。

感じてなどいない……そう口にするのは簡単だが、心の片隅で納得している自分がいた。

「何だ、本気で感じていたのかよ！」

「クッ……！」

「ハハッ！　股ぐらをこんなに濡らしやがって、とんだ淫乱女だぜ！　帝国の騎士団では娼婦を飼っていやがるのかよ！」

「や、やめ……触るな……！」

尋問官の手がレンカの身体をまさぐっていく。

胸を揉み、腹部や脚を撫で、尻を掴み、股の間にまで容赦なく指を這わしてくる。

敏感な部分を刺激されるたび、あるいは傷口に触れられるたびにレンカの身体を未知の快楽が電流のように走り抜ける。

「くあ、は……あはああああアアアアア……」

「ハハハハハッ！　コイツは愉快だ。堪らねえなあ！」

「やめ、触るな……叩くな……そこは……ンハアアアアアアアッ！」

「ギャハハハハハハハッ！」

男がバチンバチンと音を鳴らして、楽器を演奏するかのようにレンカの尻をリズミカルに叩いた。紅葉形の手痕がいくつも刻まれ、尻全体が真っ赤に腫れあがる。

「ふあ……は、やあ……もういやあ……」

「そろそろ折れそうだな。いい加減、素直になれよ」

尋問官がレンカの顎を掴んで、うつむいた顔を強引に自分の方へ向かせる。

「ほら、仲間の居場所を吐きなよ。そうすりゃあ、楽にしてやるよ」

「うう……」

「もう諦めちまいなよ。そうすれば、こんな苦しみから解放されて……」

尋問官が言葉を止める。

レンカが精一杯の力を振り絞り、その顔に唾を吐きつけたのだ。

「仲間は、売らない……あきらめろ……」

「………そうかよ」

尋問官の顔からスウッと表情が抜け落ちる。手に持っていた鞭を下に向かって叩きつけると、石の床の一部が砕けて破片が散る。

「そこまで強情なら、手加減無しで犯ってやるよ。テメエの正気が無くなるまでな！」

「う……アアアアアアアアアアアアアアアアアアッ！」

牢屋からレンカの絶叫が響きわたる。

獣の鳴き声は止むことなく朝まで続き、レンカは休むことなく絶頂の地獄を味わうことになるのであった。

○　○　○

「何だこりゃ……」

立ち寄った宿屋の寝室にて。カイムは机に置かれていた手記に目を落とし、途方に暮れたようにつぶやいた。

片付け忘れて机に置かれていたのはレンカが書いたと思われる日記……いや、官能小説。あるいは妄想から生まれた邪悪な産物である。

「野営の時とか、何やら熱心に書き込んでいると思ったら……アイツ、何を書いていやがるんだ……」

まさか、レンカにこんな趣味があるとは思わなかった。

もちろん、変態的性癖があることは知っていたのだが……まさか妄想を文章に書き連ねる趣味があるなんて。

「カイム殿、どうかしたか？」

「うおっ……！」

背後から声をかけられ、カイムは慌てて読んでいた手記を隠した。

いつの間にか、寝室の入口にレンカが立っている。

レンカは入浴後らしく肌を紅潮させて、湿った髪をタオルで拭いていた。

「浴室が空いたぞ。カイム殿もシャワーを浴びてきたらどうだ？」

「あ、ああ……わかった。入ってこよう」

「もっと浴室が広ければ、みんなで一緒に入れるんだけどな。安宿はこれだから……」

レンカはブツブツと言いながら、寝室から去っていく。

カイムは安堵の息を吐いて、手にしていた手記をそっと閉じた。

「……見なかったことにするか」

カイムはいずれ黒歴史になるであろう手記から目を逸らし、記憶ごと汚れを洗い流すために浴室に向かっていくのであった。

番外編　妹アーネットの冒険

「ヤアアアアアアアアッ！」

「ギャンッ！」

一人の少女が拳を振りかぶり、鋭い拳撃を放った。

振り抜かれた拳によって、緑色の肌をした子供くらいの体格の魔物が吹き飛んだ。

ゴブリンと呼ばれる最下級の魔物である。その胸部には太い杭で穿ったような傷ができており、地面に倒れて絶命していた。

「よし、やっつけた！」

少女が得意げに拳を振り上げる。

赤髪をポニーテールにした小柄な少女。彼女の名前はアーネット・ハルスベルク。

年齢は十三歳。カイムの双子の妹であり、『拳聖』であるケヴィン・ハルスベルクにとって、唯一の愛すべき子供。ハルスベルク伯爵家の嫡女である。

アーネットの周りには何匹ものゴブリンが血を流して倒れていた。

「ほら、終わったわよ。出てきなさい」

「は、はい……」

アーネットに促されて、一人の少年がおずおずと木の陰から出てくる。

アーネットよりも二つか三つ年上の少年だった。彼の名前はルーズトン。ハルスベルク伯爵家に仕えている執事見習いであり、一緒に旅をしている同行者だった。

「……これで今日の仕事はおしまいね。ほら、早く耳を切り落としなさいよ」

「わ、わかりました……うっわ、気持ち悪い……」

ルーズトンが不気味そうに顔をしかめながら、ゴブリンを討伐した証明として耳を切り落としていく。

アーネットとルーズトンはある目的のために旅をしていた。

その目的とは……アーネットの父親であるケヴィン・ハルスベルクの仇討ち。

父親を倒した双子の兄……カイム・ハルスベルクを討ち取ることである。

厳密にいうのであれば、ケヴィンは死んでいないので仇討ちというのもおかしな言い草である。

しかし、アーネットは父親を再起不能の身体にしたカイムのことを許しておらず、復讐のために家を飛び出して旅をしているのだ。

ちなみに、同行者であるルーズトンにはカイムに対する恨みも憎しみもなかった。偶然にもアーネットが家出する場面に居合わせてしまい、付き合わされただけである。

「七……八……九……ゴブリンが十体。これで今晩の宿賃も確保できそうですね」

ルーズトンが切断したゴブリンの耳を数えて、安堵の言葉を漏らす。

勢いで屋敷を飛び出したのは良いものの、旅をするには食費も宿賃もかかるものである。

二人は旅の路銀を稼ぐために、途中で立ち寄った町で冒険者として登録をしていた。

冒険者とは魔物や山賊を討伐して金を稼ぐ者達のことである。二人はその仕事として、町の近くにある森にゴブリンを狩りにきたのだ。

「……ゴブリン十体に三分もかかっちゃうなんて、まだまだね」

倒れるゴブリンの死骸を見下ろして、アーネットが唇を尖らせた。

「もっともっと、強くならなくちゃ。王都にたどり着く前にね！」

「お嬢様は十分に強いと思いますけど？」

「それはアンタと比べての話でしょ！　あの男は……カイムはお父様をやっつけたのよ。この程度で敵うわけがないじゃない！」

アーネットが森の木の一本を蹴りつける。

その木は少女の細い脚で蹴ったくらいではビクともしない太さがあった。しかし、ドシンと鈍い音を鳴らすや、根元から折れて倒れてしまう。

アーネットもまた父親から闘鬼神流を習っており、身体に圧縮した魔力を纏わせて戦う技術を身に付けていた。

屋敷を出てから一ヵ月。その戦いぶりは見違えるほどに上達している。

父親から蝶のように、花のように可愛がられながら修行していたアーネットであったが……自分の腕以外に頼れる物のない野に下ったことにより、実戦経験を積んで武人として大きく成長したのだ。

（だけど……アイツは、カイムはもっともっと強い。鋭い。迅い……！）

一度だけ目にした、カイムが放つ【麒麟】の一撃。それは今も瞼の裏に焼き付いており、武の極致としてアーネットの目標になっていた。

（絶対に追いつく……そして、私が勝つんだから……！）

「決戦は王都……待ってなさいよね、カイム・ハルスベルク！」

「…………」

吠えるアーネットを、ルーズトンが微妙な表情で見つめていた。

絶対に勝つんだと決意を固めているアーネットであったが……そもそも、カイムがジェイド王国の王都に向かっているという保証はない。

王都でカイムが待ち構えているだろうというのは、アーネットの一方的な思い込み。根拠のない直感だった。

だけど、ルーズトンはそれを口にしない。むしろ、アーネットはカイムと会わない方が良いと思っているからだ。

「兄妹で殺し合うところなんて、見たくないって……」

「どうしたのよ、ルーズトン。耳の回収は終わったの？」

「あ、はい。終わりました」

「それじゃあ、行くわよ。さっさと町に戻って換金して……」

「キュイイイイイイイイイイイッ！」

「へ……？」

町に帰還しようとする二人であったが、突如として甲高い鳴き声が放たれた。

声の発生源は背後にある木の根元。アーネットが蹴り倒した大木の下からである。

木の根元、地面にある穴から茶色の異形が這い出してきて、その身体から無数の触手を生やして襲いかかってきたのだ。

「キャアッ！　コイツは何なのおっ！」

「こ、これはローパー……!?」

触手に捕らえられたアーネットが悲鳴を上げる。

離れた場所にいたため難を逃れたルーズトンが、その魔物の名前を叫ぶ。

猪ほどの大きさで、茶色い円筒形の肉体からブヨブヨとした触手を無数に生やしたイソギンチャクのような魔物。それは『ローパー』と呼ばれる怪物だった。

「ちょ……こ、コラ！　ふ、服の中に入ってこないで！」

ローパーのもう一つの異名……それは『エロモンスター』。

ローパーは臆病な魔物で、基本的に虫や小型の動物だけを捕食する。しかし、外敵に襲われた場合には触手を使って相手の身動きを封じてくる。

その際には粘性の液体を滴らせた触手を絡みつかせてくるため、女性冒険者からはすこぶる評判が悪いのだ。

「だ、大丈夫ですよ。お嬢様。ローパーは人間に危害を加える魔物じゃありません。触手を絡みつかせて、全身をまさぐりながら動きを封じてくるだけで無害ですから……」

「大問題でしょうが⁉　大事なものが色々と害されるんだけど⁉」

アーネットの服の内側に触手が侵入し、肌に粘液を塗りつけながら巻きついていく。

「ヒャッ！　んんっ……くうっ、この……【青龍】！」

アーネットが触手に手刀を叩きこむ。圧縮魔力を刃に変えて触手を切断しようとするが……完全に斬り落とすには至らない。

「な、何でえっ⁉」

アーネットは未熟である。かつてない乙女の危機に集中することができず、魔力を十分に練って圧縮できなかったのである。

「やあんっ！　もう、どうにかしなさいよおおおおおおおっ！」

「どうにかって……そうだ！」

ルーズトンが腰のナイフを引き抜いて、ローパーの全身を観察する。

「ここだ！」

「キュイイイイイイイイイイッ⁉」

そして……その一点に向けて刃を振り下ろすと、ローパーが絶叫を上げて絶命する。

「な、何をしたの……？」

「弱点を刺したんです。この赤い点……ここに急所の神経節があるって、本に書いてありましたから」

触手から解放されたアーネットを助け起こして、ルーズトンが説明をする。

戦闘能力が皆無のルーズトンであったが、人一倍勉強熱心な性格だった。旅の合間合間に魔物の本を読んで、勉強していたのである。

「知識は力です。本を読んで生き残れる可能性が高くなるなら安いものですよね」

「あ、ありがとう」

アーネットが顔を赤く染めて、ルーズトンに礼を言った。

これまで魔物を狩るのはもっぱらアーネットの役割だったため、ルーズトンに助けられるのは初めてである。

何故だかわからないが、無性に恥ずかしくて堪らなくなってしまう。

「はうっ……！」

だが……アーネットが本気で羞恥に悶えるのはここからである。

「アレ……この臭いって……？」

おかしな臭いがする。嗅いだ覚えのあるような、臭い匂いがどこからか……。

「ま、魔物の体液の臭いよね！　早く洗い流して着替えなくっちゃ！」

「いえ、魔物の臭いというよりも、これは……？」

「ウルサイ！　魔物のせいだって言ってるでしょ！」

「痛いっ⁉」

アーネットがルーズトンの顎をポコリと殴る。

ルーズトンは殴られた場所を押さえて、「何で……？」と首を傾げるのであった。

あとがき

皆様、お久しぶりです。

永遠の中二病作家をしておりますレオナールDです。


早いもので、本作もこれで三巻になります。

一巻のティー、二巻のミリーシアに続いて、三大ヒロイン最後の一角である愛すべき雌犬……レンカが表紙を飾ることができました。

これも読者の皆様のおかげです。海のごとき最大級の感謝を申し上げます。

また、イラストレーターのをん先生、制作に関わっていただいた全ての方々にも御礼申し上げます。


作家としてデビューを果たして、今年で五年目。

ようやく駆け出しを卒業できるのかな……などと勝手に思っています。

コロナ禍の真っ最中にデビュー作を発売して、まるで伸びない書店売り上げに泣いた日々すらも懐かしい。

執筆作業にも慣れてきて、おかげさまで活動の幅も増えてきています。

コミックの原作などの仕事もさせてもらうようになり、本作もまたコミカライズ企画を進めていただいております。

今後も作家としてガンガン執筆させていただきますので、改めましてよろしくお願いします！


さて……ここから本巻のネタバレを含みますのでご注意ください。

主人公であるカイムはヒロイン達を引き連れて帝国にやってきたものの……なかなか、目指す帝都に到着することはできません。

アンデッドに支配された村や、魔狼王の森に足を踏み入れることとなりました。

かつてない激闘を経て、現れましたのは狼に育てられた幼女。まさかの仲間入りで新ヒロインの獲得です。

そして、ようやく帝都へ到着。ミリーシアの兄である第一皇子アーサーとの邂逅を果たして、敵対することが決定的となりました。

これはまさかのラスボス登場かもしれません。

追い詰められるカイムですが……そこで助けに入ったのは、まさかの首狩りロズベット。

今回は敵の敵ということで協力する形になりましたが……忘れるなかれ。彼女のターゲットにはミリーシアも含まれています。

敵となるか味方となるか……ロズベットはこれから、カイムとどのように関わってくるのでしょうか？

もしかすると、もしかして……ロズベットもまたカイムのヒロインになってあれやこれやいやんな展開があるのかも？

それもまた、四巻のお楽しみということで。

すでに四巻の発売は決定しており、書籍化作業に入っています。

おそらく、それほど長くは待たせないかと思いますので期待していてください。

今後もカイムとエロ可愛いヒロイン達の冒険にお付き合いくださると、とても嬉しいです。

それでは、またお会いできる日が来ることを全ての神と仏と悪魔に祈って。

レオナールD

https://firecross.jp/

毒の王 3

最強の力に覚醒した俺は美姫たちを従え、発情ハーレムの主となる

2024年5月1日　初版発行

著者——レオナールD

発行者—松下大介
発行所—株式会社ホビージャパン

〒151-0053
東京都渋谷区代々木2-15-8
電話　03(5304)7604（編集）
　　　03(5304)9112（営業）

印刷所——大日本印刷株式会社

装丁——AFTERGLOW／株式会社エストール

Printed in Japan

ISBN978-4-7986-3533-0　C0193

ファンレター、作品のご感想
お待ちしております

〒151−0053　東京都渋谷区代々木2−15−8
(株)ホビージャパン HJ文庫編集部 気付
レオナールD 先生／をん 先生

アンケートは
Web上にて
受け付けております

https://questant.jp/q/hjbunko

- 一部対応していない端末があります。
- サイトへのアクセスにかかる通信費はご負担ください。
- 中学生以下の方は、保護者の了承を得てからご回答ください。
- ご回答頂けた方の中から抽選で毎月10名様に、
HJ文庫オリジナルグッズをお贈りいたします。

青春マッチングアプリ

不思議なアプリに導かれた二人の“青春”の行方は

青春をあきらめていた高校生・凪野夕景のスマホにインストールされた不思議なアプリ『青春マッチングアプリ』。青春相手をマッチングし、指令をクリアすると報酬を与えるそのアプリを切っ掛けに、同級生・花宮花との距離は近づいていき──ちょっと不思議な青春学園ラブコメディ開幕！

著者／江ノ島アビス
イラスト／植田 亮